KB067698

아린

초판 1쇄 발행 | 2020년 10월 20일
지은이 | 정승희
펴낸이 | 최윤정
펴낸곳 | 바람의아이들
만든이 | 유수진 김지윤
펴낸곳 | 바람의아이들
등록 | 2003년 7월 11일 (제312-2003-38호)
주소 | 04001 서울시 마포구 동교로 17안길 43-4
전화 | (02) 3142-0495   팩스 | (02) 3142-0494
이메일 | barambooks@daum.net
제조국 | 한국
구독연령 | 11세 이상
'
© 정승희 2020

www.barambooks.net

ISBN 979-11-6210-093-6
ISBN 978-89-90878-04-5 (세트)

이 도서의 국립중앙도서관 출판예정도서목록(CIP)은 서지정보유통지원시스템 홈페이지(http://seoji.nl.go.kr)와
국가자료종합목록 구축시스템(http://kolis-net.nl.go.kr)에서 이용하실 수 있습니다.
(CIP제어번호 : CIP2020032455)

아린

정승희 지음

바람의아이들

차례

.

사랑하는 나의 동생 정호에게

프롤로그

2010년 3월 21일 오전 10시

태평양 위를 날아가던 비행기가 갑자기 심하게 요동쳤다.

이상기류인 제트 스트림 때문이었다.

비행기는 좌우로 몹시 흔들렸다.

칼날 같은 비바람이 비행기의 육중한 몸을 강타했다.

남자의 몸이 기우뚱 오른쪽으로 기울었다.

순간, 손에 들고 있던 컵이 바닥으로 떨어져 떼구루루 굴렀다.

컵에 가득 담겨 있던 보드카가 바닥을 흠뻑 적셨다.

남자의 마음도 쉴 새 없이 흔들렸다.

……그래, 나야.

새끼를 죽여 무덤 위에 던져둔 놈이.

……나를 용서해 줄 수 있을까.

남자는 낡은 구두를 벗고 의자 뒤로 몸을 깊숙이 밀어 넣었다.

남자의 희끗한 머리가 지쳐 보였다.

속눈썹이 파르르 떨렸다.

관자놀이 옆으로 굵은 실핏줄이 꿈틀거렸다.

푹 꺼져 들어간 남자의 몸 위로 어둠이 시끄럽게 내려앉았다.

부르르 떨리는 비행기의 날개가 창밖으로 보였다.

비행기는 이제 막, 잿빛 비구름 위를 통과하고 있었다.

남자의 머릿속에 잠복해 있던 기억들이 스멀스멀 그의 몸을 통과했다.

마음이 아리고 시렸다.

……벌써 십 년이 지났어.

그때 그렇게 도망치지 말아야 했어…….

앞 좌석 등받이에 꽂혀 있던 잡지가 삐죽 튀어나와 있었다.

사막 여행 안내서의 한 구절이 보였다.

낙타는 제 새끼가 묻힌 곳을 절대 잊지 않는 동물이다.

전우애가 깊었던 고대 유목민 병사들은

광활한 초원이나 사막에서 병사가 죽으면

어미 낙타가 보는 앞에서 새끼를 죽여 무덤 위에 던져두었다.

그리고 훗날 어미 낙타를 끌고 와서 근처에 풀어 주면

그 어미가 슬피 울부짖으며 새끼가 묻힌 장소를

정확하게 찾아내곤 했다고 한다.

- 이병천의 '90000리' 중에서

발소리

그놈이다.

점점 가까이 다가온다.

뚜벅뚜벅.

빨리 도망쳐야 해!

뒤도 돌아보지 않고 뛴다.

와장창, 유리 깨지는 소리가 들려온다.

아아악!

여자의 비명 소리가 들린다.

얼마 가지 못했는데 발이 땅에서 떨어지지 않는다.

어두운 골목 끝에서 놈의 목소리가 낮게 깔린다.

야, 새꺄! 이리 안 와? 허튼짓하지 말고.

놈이 이쪽을 향해 다가온다.

천천히.

터벅터벅.

길이 휜다.

꼼짝할 수가 없다.

"으으, 으 싫어. 따라오지 마!"

눈을 떴다. 검은 천장이 가슴을 묵직하게 누르고 있었다. 마침
표는 없고 도돌이표만 되풀이되는 후렴구처럼, 반복되는 꿈이었
다. 벽에 붙어 있는 전자 벽시계가 허공에서 껌뻑거렸다.

3월 19일 금 AM 03:07

새벽의 찬 기운이 창틈을 비집고 기어들어 왔다. 갑작스레
피곤이 밀려왔다. 스르르 다시 눈이 감겼다. 밀물처럼 잠이 쏟
아져 들어왔다. 잠은 순식간에 의식을 먹어 치워 버렸다. 공기
의 속도가 느려졌다. 세상은 차갑게 침묵했다. 지혁이는 잠 속
으로 끝없이 밀려들어 갔다. 세상과 연결된 스위치가 꺼져 버
렸다.

다시 깨어나 보니 이부자리 위에 빈 새우깡 봉지가 배를 드러

내고 널브러져 있었다. 과자 부스러기가 이불 위에서 서걱거렸다. 지혁이는 입술에 묻은 과자가루를 손으로 쓰윽 털어 냈다.

"빌어먹을…… 또 먹었냐?"

텁텁한 입안을 헹구려고 문을 열었다. 조용하다. 엄마는 이미 집에 없을 시간이었다. 화장실 문손잡이를 잡으려는데 뒤통수를 잡아당기는 게 있었다.

"알았다. 간다, 가. 기다려라."

씽크대 문을 열었다. 칼꽂이에 얌전히 꽂혀 있어야 할 칼이 보이지 않았다.

"젠장, 얻다 둔 거지?"

지혁이는 허둥대며 씽크대 서랍을 뒤지기 시작했다. 서랍 구석에서 칼을 찾았다.

"휴우, 난 또……."

그제야 안도의 숨이 쉬어졌다.

"내가 왜 맨날 네 신상정보를 확인해야 되겠냐?"

칼을 집어 올리자 비닐봉지가 함께 딸려 나왔다.

"어? 이건 뭐야?"

안에는 편지가 들어 있었다. 내용이 궁금했지만 먼저 화장실부터 가야 했다. 칼은 제자리에 꽂아 두고 화장실에 들어가 신나게 오줌을 갈겼다. 정조준, 그거 힘들다. 변기 주위에 누렇게 튄 오줌 방울을 보고 엄마는 또 잔소리를 하겠지. 하지만 엄마, 할 수 없어요. 넘치는 고딩의 힘을 과시할 데가 여기밖에 없거든요. 거울을 보았다. 머리는 까치집이었고 입가에는 흘러내린 침과 과자 가루가 엉겨 붙어 있었다. 낄낄거리는 형주의 말이 귓가를 맴돌았다.

"너, 수면장애다. 상담 받아야 되는 거 아냐? 배 속에 그지 새끼 한 마리 키우는가 보네. 잠만 자면 뭘 그렇게 처먹어 대냐."

"아~놔, 지난번에는 아무거나 집어 먹고 식중독 걸려 돌아가시는 줄 알았잖냐. 배 아프고 열 디지게 나고. 그런데도 우리 왕그지님께서는 내 배 속 주거환경이 아주 좋댄다. 크크. 먹을 게 없으면 조용히 처잘 일이지, 왜 부엌까지 뒤지는지 모르겠지만 말이다. 내가 왕그지님 모시고 살기가 아주 힘들다."

낄낄거리며 받아치기는 했지만 영 찜찜했다. 아무래도 꿈속에 등장하는 그놈 때문인 것 같다. 맨날 쫓기다 보니 영혼이 피폐해져서 뭐라도 먹어 대야 직성이 풀리는 걸 거다. 엄마도 가끔 잔소리를 한다.

"지혁아, 생라면은 자다가 왜 뜯어 먹니? 흘리지나 말든지. 먹을 게 뭐가 있다고 부엌이며 냉장고를 뒤져? 알바하고 오면 그렇게 배고파?"

"응."

14

미치겠다. 알 수 없는 일들이 잠을 자는 동안 벌어지고 있었다. 기억나는 건 아무것도 없었다. 잠에서 깨고 다음 날이나 돼 봐야 밤새 무슨 일이 벌어졌는지 알게 된다. 지난밤 흔적이 이불 위에 고스란히 남아 있으니까. 자면서 먹어 대다 보니 아예 엄마 몰래 책상 서랍에 과자 몇 개를 사다 놓기도 했다.

문제는 과자보다 칼이다. 자면서 혹시 칼이라도 들고 설쳤을까 봐 매일 아침마다 싱크대 밑에 칼이 얌전히 있는지 확인하는 것도 일이다. 아무래도 다른 곳에 놔두라고 엄마한테 말해야 할 것 같다. 지혁이는 수도꼭지를 올렸다. 갑작스레 관을 뚫고 나온 물이 미친 듯이 튀었다.

"제기랄!"

쌓이는 일이 많을 때면 꼭 재수 없는 꿈을 꾸었다. 영락없이 그다음 날 과자 봉지가 널브러져 있는 것도 반복되는 일이다. 뭔 조화란 말이냐. 꿈속의 그 괴물 같은 놈은 따라오기만 하지 한 번도 지혁이에게 달려든 적은 없었다. 등 뒤에서 뚜벅거리는 발소리만 낸다. 그게 사람을 더 환장하게 만든다. 작년에 버터플라이가 집으로 올 때부터 그놈이 꿈에 나타났다.

따르릉! 따르릉!

다급하게 울리는 새벽 전화벨 소리. 지혁이는 거울을 보며 멍

때리고 있다가 놀란 덕분에 입안을 헹구던 물을 꼴깍 삼키고 말
았다.

"젠장!"

허물어진 담

따르릉! 따르릉! 따르릉!

끊겼던 전화벨 소리가 다시 귀청을 때렸다. 이 새벽에 전화할 놈은 한 놈밖에 없다.

"간다, 가. 새끼, 기다릴 줄도 모르고 지랄 발광이네."

지혁이는 손에 묻은 물기를 바지에 쓰윽 닦고 전화를 받았다.

"형주냐? 야, 인마. 왜 이르케 일찍……."

"작은아버지다. 잘 지내지? 다음 주 화요일 7시에 한국에 떨어질 거다. 오후 7시야."

3년 동안 연락이 없던 작은아버지였다. 까칠하고 메마른 목소리. 남의 말을 끝까지 듣지 않고 중간에 잘라먹는 건 여전했다.

다짜고짜 본론이라니. 잠이 덜 깬 상태였고 머리가 아팠지만 지혁이도 질세라 본론으로 받아쳤다.

"뭐가 한국에 떨어지는데요?"

우주에서 운석이라도 떨어진단 말일까. 아직 눈이 제대로 떠지지 않았지만 지혁이는 속으로 큭, 웃었다.

"아버지가 한국으로 나가실 거야. 네 핸드폰 번호 알려 드렸다."

"네에?"

잠이 확 달아났다. 운석보다 무서운 날벼락이 떨어지는 소리였다.

"어떤 아버지요?"

"어떤 아버지가 아니라 느이 아버지."

"……."

현기증이 일었다.

"이제 한국에 나가셔야지."

"왜요?"

"뭐라고? 야 인마. 그걸 말이라고 해? 가족이 거기 있는데 내가 뭔 죄로 뒤치다꺼리를 해야 되냐. 미국에 사는 게 죄지. 아들도 아닌 내가 왜 챙겨야 하냐? 아주 나를 아들 취급 하신다."

"아니에요. 우리 아버지……."

"어찌 되었든 알아서 해!"

작은아버지는 갑자기 호통을 치더니 전화를 끊었다. 일찍 꺼진 보일러 때문에 소름이 돋았다. 팽팽하게 당겨졌다가 놓인 활시위처럼 귀가 윙, 하고 울었다.

오늘은 수업이 제일 적은 날. 지혁이는 학교에 가서 점심이라도 먹으려고 했지만 제쳤다.

아침…… 먹을 수 없었다.

점심…… 안 먹었다.

저녁도 건너뛰었다.

아무것도 목구멍 안으로 집어넣을 수 없었다. 하루 종일 속이 올라갔다가 내려갔다 울렁거렸다. 이부자리에 누워 천장을 보니 하루가 갔다. 펜을 집어 들었다.

그 괴물 같은 놈한테서 자꾸 도망치기만 한다.
기분 정말 드럽다.
그놈 면상을 한 대 후려치며 말하고 싶다.
왜 쫓아오느냐고.
천천히 걸어오던 그놈은
내가 방심한 틈을 타서

19

내 등을 날카로운 면도날로 그을 거다.

주우우욱.

내가 미쳤나. 재수 없는 꿈을 뭐 하러 적고 있지? 손가락에서 펜이 툭, 떨어져 책상 밑으로 떼구루루 굴러갔다. 누가 쫓아오나 했더니만 그게 바로 미국에서 웬 재수 없는……

지혁이는 공책을 덮었다. 책상 위에 켜 둔 스탠드의 환한 불빛 사이로 먼지들이 날아올랐다. 습기를 잔뜩 집어먹은 먼지들이 무겁게 가라앉는 게 보였다. 날아오른 먼지들 사이로 우우~웅 비행기 소리가 지나갔다. 멀리서…… 그리고 점점 가까이. 반지하 방은 일찌감치 해가 사라졌다. 오후 4시가 조금 지났을 뿐인데 어둑어둑했다.

"그렇게는 못하지."

힘없이 뱉은 말이 줄 끊어진 연처럼 공기 중에 풀어졌다. 지혁이는 책상을 있는 힘껏 내리쳤다. 손바닥이 얼얼했다. 낡은 스탠드 불빛 사이로 먼지들이 다시 요동쳤다. 서랍을 열었다. 껌 통에 들어 있던 껌을 손에 잡히는 대로 집었다. 3개, 2개, 4개. 모두 합쳐 9개. 오늘 스트레스 지수는 9. 한입에 욱여넣었다. 주르륵 단물이 올라오는 껌을 꼭꼭 씹어 삼켰다. 치솟았던 마음이 목구멍 안쪽으로 끌려 들어갔다. 앉은뱅이책상을 짚고 일어섰다. 순간

20

다리가 풀렸다. 지혁이는 숨을 크게 한 번 들이마셨다가 내쉬었다. 그래도 종잡을 수 없는 불안감은 지울 수가 없었다. 두 평이 채 안 되는 방 안을 왔다 갔다 했다. 껌을 씹어 봐도 소용이 없었다. 입술 안쪽을 짓씹었다.

"난 말이야, 당신 얼굴도 모르는 아들이라고……."

지혁이는 다시 앉은뱅이책상에 주저앉았다. 책상 앞 벽에 붙어 있는 빛바랜 그림들이 눈에 들어왔다. 늙은 천문학자와 지리학자가 어두운 방 안에서 지구본을 만지고 있는 그림이었다.

"할아부지들, 오늘도 스트레스 엄청 쌓여 보이시네요. 사실, 나도 그렇거든요. 제가 하나 만들어 드릴까요?"

여전히 할아버지들은 대답이 없다. 손을 뻗어 뒤쪽을 더듬어 보았다. 나무 책상이 삐걱거렸다. 책상 뒤쪽으로 날카롭게 패인 칼자국이 손으로 만져졌다.

"으."

왼손 검지에 가시가 박혔다. 이 정도는 이제 신경도 쓰이지 않았다. 가시보다 더 큰, 진짜 가시가 쳐들어오는 중이니까. 할아버지들은 지혁이가 묻는 질문에 번번이 아무 대답이 없었고, 그럴 때면 지혁이는 책상 뒤쪽에 칼자국을 하나씩 만들었다. 그곳은 엄마가 보지 못하는 안전한 곳이었다. 칼날이 지나간 자리가 길게 푹 패여 있어 손을 놀라게 만드는 칼자국.

"아부지가 오신다네요. 십 년 만에 집이라고 오시나 보네요. 무슨 낯짝으로 오시는가 모르겠지만. 할아부지들, 이거 너무 심한 거 아니에요? 네?"

지혁이는 벌떡 일어나 창밖으로 보이는 산을 뚫어져라 쳐다봤다. 삼 분의 일이 땅속에 잠겨 있는 산동네 반지하방에서 바라보는 산. 금방이라도 쏟아질 것 같은 먹구름이 산자락에 걸려 있었다. 먹구름 뒤로 피멍이 든 해가 반쯤 걸려 어두운 서쪽 하늘을 물들이고 있었다.

딸깍, 스위치를 올리고 벽에 붙어 있는 거울을 들여다보았다. 마른 얼굴에 껑충하게 큰 키. 얼굴은 허여멀겋고, 들쭉날쭉 돋아난 가느다랗고 짧은 콧수염. 너무 말라서 큰 눈이 더 커 보이고, 뻣뻣한 머리카락 때문에 더 까칠하고 야위어 보이는, 남들이 걱정할 정도로 삐쩍 마른 고딩 한 명이 거기 서 있었다.

엄마는 짙은 눈썹에 큰 눈이 맑아 좋다고 말한다. 쭉 곧은 콧대와 큰 키가 좋다고 말한다. 하지만 엄마는 몰랐다. 지혁이 마음 곳곳이 쩍쩍 갈라 터져 온통 금이 가 있다는 걸. 가끔은 허물어질 것처럼 위태롭다는 걸. 터지기 직전 시한폭탄 같은 상태라는 것도. 허접한 뿌리를 감추고 있는 쓸쓸한 나무처럼 외롭다는 것도 모른다.

위잉~ 핸드폰이 책상 위에서 몸을 떨었다. 형주에게서 문자가 왔다.

지혁아아~
왜 학교 안 왔냐?
뭔 일 있냐?
형님한테는 전화해야줘!
걱정돼서 울고 계시잖아. ㅋㅋ

이번에는 핸드폰 벨 소리가 시끄럽게 울었다. 또 형주다. 지혁
이는 핸드폰 전원을 꺼 버리고 욕실로 들어갔다. 증말, 나야말로
울고 싶다고. 지금은 형주하고도 통화하고 싶지 않았다. 불도 켜
지 않은 욕실에서 차가운 물로 연거푸 세수를 했다. 욕실 문을 열
고 나오자 바퀴벌레 한 마리가 쏜살같이 주방 쪽으로 달아났다.
반지하의 퀴퀴한 곰팡내가 코끝으로 훅 끼쳤다. 아무렇게나 팽
개쳐 둔 걸레가 비틀린 채로 화장실 문 옆에 처박혀 있었다. 어제
벗어 둔 양말은 반쯤 젖은 채 걸레 밑에 깔려 있었다. 방으로 들
어와 창문을 활짝 열어 젖혔다. 머리 위로 비행기 지나가는 소리
가 들렸다.
하루에도 몇 번씩 비행기가 지나갔다. 재개발을 하기 위해 이
미 철거가 시작된 변두리 산동네였다. 한쪽이 푹 꺼져 버린 산동

네. 그 위로 비행기의 큰 그림자가 드리워졌다. 그림자는 한 마리 나비처럼 천천히 산동네를 통과한 후 사라졌다. 그림자 안에 갇힐 만큼 동네는 작았다. 골목 사이로 사막을 떠도는 모래알갱이들처럼 먼지들이 뭉쳐서 흘러 다녔다.

창밖으로 동네 개들의 더러운 발들이 보였다. 주인 잃은 개들은 골목 후미진 곳으로 몰려다니다 몸을 숨겼다. 차디찬 주인의 흔적이 개들의 더러워진 콧잔등에, 엉겨 붙은 털 사이사이에 남아 있었다. 가끔씩 불어오는 바람이 주인의 흔적들을 지워 나갔다. 그래도 지워지지 않고 남아 있는 것들은 개들을 더욱 초조하게 만들었다. 비행기가 지나갈 때마다 개들은 워우우우, 길게 울었다. 돌아오지 않는 주인에게 보내는 마지막 저주처럼. 움푹 들어간 눈들은 분노로 똘똘 뭉쳐 퀭해 보였다. 동네도 움푹 꺼져 있었다.

한적한 골목에 해가 서서히 기울었다. 하늘은 꾸물거렸다. 우중충했다. 버려진 집들이 지붕도 창문도 없이 뼈를 드러내고 경사진 길 위에 서 있었다. 깨갱, 고개를 처박고 킁킁거리던 개들은 무엇엔가 놀라 달아났다. 허물어진 담 안에 비스듬히 서 있던 떡갈나무도 놀라 부르르 가지를 떨었다.

보고 싶지 않아.

껌을 씹다가 지혁이는 혀를 깨물었다. 비릿한 피 맛이 느껴
졌다.

그림자

지난 금요일 밤 11시쯤 편의점으로 전화가 왔었다.

"……지혁아, 엄마…… 어지러워서…… 죽을 것 같다."

엄마의 목소리가 뚝뚝 끊기며 간신히 이어졌다. 교대할 형에게 전화를 하고 급히 달려갔다. 엄마는 방에 누워 이불자락을 붙잡고 헉헉대며 숨을 몰아쉬고 있었다. 머리카락은 땀에 젖어 헝클어져 있었다.

"어떻게 된 거야?"

"사람들이…… 왔었는데……."

"개새끼들."

편의점 알바를 간 사이에 사채업자들이 드잡이를 하고 간 거였

27

다. 119에 전화를 했다. 10분도 채 지나지 않아 구급차가 왔다.

"성함이 어떻게 되시죠?"

"김……영화."

엄마는 힘없이 대답했다.

"어디가 어떻게 아프신지 정확히 말씀해 보세요."

"……하늘이…… 핑 돌고…… 귀가 사이렌 소리……마냥 위잉 울어요…… 토가…… 올라올 것 같고……."

다행이 의식은 멀쩡했다. 병원에 도착해서 링거를 한 병 다 맞은 엄마는 기어이 그날 새벽에 응급실을 나왔다. 입원해서 검사를 해 보라는 의사 말을 귓등으로 흘리고서였다.

"우리 형편에 입원은 무슨. 하루만 푹 쉬면 될걸."

엄마는 울화가 치밀 때면 하늘이 핑핑 돈다고 했다. 엄마의 울화는 아버지다. 지혁이는 떨리는 주먹을 꽉 쥐었다.

5시 20분. 엄마가 돌아올 시간이고 지혁이는 나가야 할 시간.

지혁이는 24시 편의점으로 알바를 하러 간다. 오후 6시부터 12시까지 6시간 동안. 엄마는 24시 해장국집에서 새벽 5시부터 오후 5시까지 12시간씩 2교대를 한다. 하루 중에 엄마와 마주치는 시간은 고작 20분 남짓. 엄마와 지혁이는 한 공간에서 가끔 눈을 마주치는 타인 같았다. 알바 인생의 고달픔만 가끔씩 서로 훔쳐볼 뿐이었다.

걸어서 15분 정도 걸리는 편의점이었지만 오늘은 일찍 집을 나서야 했다. 엄마와 마주치기 싫었다. 마음이 급해졌다. 서랍장을 열었다. 서랍 맨 밑에 넣어 두었던 통장을 꺼냈다. 잔액을 확인했다.

5,400

밑바닥까지 내려가 있는 마음이 통장에 고스란히 찍혀 있었다.

"제기랄."

지난주, 수업비와 급식비가 빠져나갔던 게 그제야 생각났다.

"엄마가 혹시 비상금이라도 꼬불쳐 놓은 게 있을까?"

안방 문을 열었다. 형이 지혁이를 보며 소리 없이 웃고 있었다. 얼굴은 얻어터져서 퉁퉁 부어 있었다.

"뭘 봐!"

지혁이는 속없이 웃고 있는 형의 얼굴을 돌려놓았다. 엄마는 미니화장대 위에 있는 중학교 3학년 형의 얼굴을 자나 깨나 들여다보며 산다. 8년 전 경주로 수학여행에 가서 다시는 돌아오지 않는 형. 겁나 재수 없는 형을. 형은 수학여행 가기 전날 사채업자들한테 진창 맞았다. 눈 밑이 퍼렇게 올라온 상태로 수학여행을 갔었다. 화장대 서랍을 뒤지려다가 형이 보고 있는 것 같아 그냥 나와 버렸다.

"혹시 편지들 속에 꼬불쳐 놓았을까."

아침에 보았던 비닐봉지가 생각났다. 무슨 편지일까, 궁금하기도 해서 챙겼다. 방에 들어가 서랍장에서 티셔츠와 바지도 하나씩 꺼냈다. 이놈의 집구석. 집이 아니면 어디로든 가서 사라지고 싶었다. 책상 위에 있는 스탠드를 끄려고 스위치에 손을 갖다 댔다. 공책 위에 아무렇게나 내갈긴 글씨들이 춤을 추고 있었다. 공책을 가방에 넣었다. 스위치를 껐다. 책상 주위를 감싸고 있던 불빛들이 순식간에 사라졌다.

"참, 그거."

다시 책상으로 가서 스위치를 켰다. 두 번째 서랍을 열었다. 둥그런 껌 통이 서랍 귀퉁이에 얌전히 서 있었다. 껌을 입안에 더 욱여넣고 껌 통을 가방에 챙겨 넣었다. 서랍 안으로 손을 더 깊숙이 밀어 넣었다. 맨 뒤쪽 공책 밑에 숨겨 두었던 것이 손에 잡혔다. 매끈했지만 차가웠다.

버터플라이.

한동안 서랍에서 잠자고 있었던 놈. 오늘은 이놈이 필요하다. 버터플라이를 잠바 안주머니에 넣었다. 현관문을 잠그고 막 돌아섰다.

"나가냐?"

"아이구, 깜딱……이야. 엄마, 왜에…… 이르케 오늘 빠이……

와서? 나 오늘, 조금…… 이쩍 가려고……. 어디 드르 때가 이거든. 오늘 형주네서…… 잘지도 몰라. 전하할게."

지혁이는 묻지도 않은 말을 주워 넘겼다. 도둑질하다 들킨 어수룩한 도둑마냥 깜짝 놀라 어깨를 움츠렸다. 갑작스레 딸꾹질이 나왔다.

"이 녀석아, 왜 말을 제대로 못해?"

"껍!"

"적당히 씹지. 왜 그리 미련허게 몽창 넣느냐 말이야. 한두 번도 아니고."

"간다."

지혁이는 바쁘게 계단을 올랐다.

"저녁은 먹은 거야?"

"응."

"원, 녀석도. 하늘이 갑자기 꾸물거려. 우산 가져가!"

지혁이는 대답도 하지 않고 엄마 눈을 피했다. 엄마의 눈만 보지 않는다면, 헝클어진 마음도 꼭꼭 싸매서 숨길 수 있을 것 같았다. 마지막 다섯 번째 계단을 오르자 시멘트 바닥이 보였다. 땅 위로 올라와도 답답했다. 모래알갱이를 들이마시는 것 같았다. 딸꾹질은 쉽게 그치지 않았다. 폐에서 나온 더운 공기가 허공을 갈랐다. 잠깐 헛것이 보였다.

형의 얼굴.

도리질을 하고 내리막길을 달렸다. 마을버스가 서 있는 종점도 지나쳤다.

툭! 툭! 후두둑, 굵은 빗방울이 떨어지기 시작했다. 발밑에서 젖은 시멘트 냄새가 훅, 올라왔다. 냉랭한 변두리 냄새. 찌그러진 폐가의 부스러기들이 섞인 차가운 냄새였다. 집들은 벗어 놓은 허물처럼 흉물스러웠다. 재개발을 하기 전만 해도 동네는 그럭저럭 살 만한 동네였다.

많이 힘드시죠?

마지막까지 함께 있어 드릴게요.

재개발에 대한 주민공청회가 있습니다.

- 3월 30일 저녁 6시.

- 매일 저녁 6시 특별미사 진행.

- 길연동 성당 신자 일동

전봇대에 내걸린 플래카드가 펄럭거렸다. 저희 아버지란 작자는요, 반지하방에 우릴 팽개치고 진즉에 여길 떴거든요. 고맙긴 하네요. 마지막까지 있어 준다고 하시니. 내리막길의 오른편 집들은 거의 부서져 있었다. 재개발을 하기 위해 집들은 이미 집이 아닌 시멘트 덩어리가 되어 있었다. 돌무덤들. 쓰다 버린 소파. 하늘로 바퀴를 치켜들고 있는 세발자전거. 엿가락처럼 휘어져 있는 방범 창살. 붉은 녹물이 범벅인 철 대문의 문고리. 허물어져 가는 벽 위의 낙서들.

구청은 철거민들의 주거 생존권을 보장하라!
분노한다, 철거는 살인이다!

집이 허물어지자 사람들이 사라졌다. 사람들이 버리고 간 개들만 흔들리는 눈빛으로 골목을 떠돌아다녔다. 사라진 주인의 냄새를 애타게 찾기 위해 돌아다니는 개들의 비쩍 마르고 힘없는 어깨를 보면 지혁이는 눈물이 핑 돌았고 속에서 아린 신물이 올라왔다.

왼편에 있는 집들은 그래도 아직 '집'이었다. 오래된 다가구 주택들이 아슬아슬하게 비탈진 길에 들어서 있거나 1층짜리 낡은 주택들이 비스듬히 서 있었다. 사람들이 살고 있었고, 밥 냄새가 났다. 하지만 언제 시멘트 가루가 날리는 폐허로 변할지 아무도 몰랐다.

언제 헐릴지도 모르는데 온다고? 집에 올 자격이 있기나 해? 지혁이는 경사진 길을 숨이 차게 달려 내려갔다. 목울대까지 차

오른 숨이 턱을 조여 왔다. 큰길로 나와 천천히 걷기 시작했다. 신발 안에서 모래가 서걱거렸다.

'신발 밑창에 깔린 모래알만큼도 생각하지 않았잖아.'

빗줄기는 더욱 굵어지고 빽빽해졌다. 지혁이는 뛰지 않았다. 고스란히 내리는 비를 맞았다. 밀림 안에서 길 잃은 작은 새처럼 외로웠다. 얼굴을 들어 하늘을 올려다보았다. 비가 사정없이 얼굴을 때렸다. 횡단보도 램프가 초록색으로 바뀌었다.

퉤!

내뱉은 껌 뭉텅이가 빗물이 질척거리는 아스팔트 횡단보도 위로 곤두박질쳤다. 느닷없이 검은색 자동차 한 대가 껌 뭉텅이를 짓이기고 돌진해 왔다.

끼이~익!

차가 눈앞에서 가까스로 섰다. 지혁이는 꼴깍 침을 삼켰다.

"야~아! 너 죽고 싶냐? 눈에 뵈는 게 없어? 너, 내 손에 한번 뒈져 볼래?"

목에 핏대를 세우고 고함을 쳤지만 목소리는 멀리 가지 못하고 빗물에 흩어졌다. 지혁이는 씩씩거리며 운전석 쪽으로 달려갔다. 자동차는 신호가 바뀌자마자 쏜살같이 도망쳤다.

"씨~발, 이거나 먹어라!"

꽁무니가 빠지게 도망치는 자동차를 향해 지혁이는 엿을 날렸다. 등 뒤로 전조등의 강한 불빛이 덮쳐 왔다. 그림자가 불빛에 따라 구부러졌다가 휘어졌다.

　카~악, 퉤!

　빗물이 흥건한 도로에 침을 한 방 먹였다. 지혁이의 몸은 빗물에 흠뻑 젖어 버렸다.

지뢰밭

"지혁이 왔어? 아이고, 이 비를 다 맞고 왔네. 우산이라도 사서 쓰고 오지."

"맞을 만한데요, 뭘."

"안되겠네. 이걸로라도 닦아. 잠바는 벗어서 말리고."

사장 아주머니는 서랍에서 수건 한 장을 꺼내 주었다.

"내가 지혁이 너 같은 알바만 있었으면, 편의점 해서 아마 떼돈은 아니어도 이렇게 쪽박 차지는 않았을 거야. 저녁은 먹었니?"

"그럼요…… 먹었죠. 근데 오다가 차에 치일 뻔했어요. 냅다 소리쳤더니 도망가는 거 있죠. 헤헤."

"비 오는 날은 항상 조심해야 해. 생각지도 못한 사고가 많이 일어나거든. 아휴, 오늘 파마하기는 글렀네. 비가 오면 웨이브가 안 나와."

사장 아주머니는 가방을 챙겨서 나갈 준비를 했다. 어휴, 오늘 알바비 받기는 글렀나 보네. 수건으로 머리를 꾹꾹 눌렀다. 수건은 금세 젖어 축 처졌다.

"아참, 내 정신 좀 봐. 깜빡했네. 오늘 네 월급 주는 날이잖아. 수고했어."

"헤헤, 날짜…… 잊지 않으셨네요."

"뭘, 당연한 걸 가지고. 그럼 난 가. 김밥 어제 거 저기 냉장고 안에 있으니까 먹고."

"네. 들어가세요."

가방 안에 넣어 둔 알바 월급. 한 달 생활비. 월세, 수업료, 급식비에 차비, 핸드폰 사용료. 나머지는 비상금과 용돈. 한 달 생활하기에 벅찬 돈이다. 하지만 이런 탄탄한 알바 자리라도 있으니 그나마 다행이었다.

조금 있으니 비를 피해 들어온 사람들이 우산꽂이에서 우산을 하나씩 사 들고 총총히 사라졌다. 꼬르륵. 배 속에서는 왕그지님께서 아무거나 투척해 달라고 아우성이었다. 지혁이는 냉장고 안에서 김밥을 꺼내 전자레인지에 넣고 30초를 돌렸다. 삐, 신호음이 울렸다. 손자국들이 잔뜩 찍혀 있는 손잡이를 열었다. 김밥을 꺼내 입에 막 넣으려고 하는 순간, 문을 확 밀어젖히고 형주가 들어섰다.

"야아, 이거 봐라. 세월 좋으시네. 야자 안 하고 알바하면서 맛난 것만 처먹고 있네. 이 형님은 대가리 터지기 일보 직전인데."

"왔냐?"

지혁이는 형주 눈을 피했다. 누군가의 눈동자를 들여다보고 있으면 왈칵, 자기도 모르게 눈물이 쏟아질 것만 같았다. 지혁이는 형주 앞에 김밥을 밀어놓고 돌아섰다.

"깬다, 깨. 네 말투 완전 아저씨다. 근데, 우리 담탱이 왜 그러냐? 개빡쳐. 우리가 초딩도 아니고 공부한 노트를 매일 내란다. 개돌아가시겠다."

형주는 앞에 놓인 김밥 몇 개를 한입에 넣었다.

"맛나네."

지혁이는 창고로 가서 음료수를 꺼내 냉장고에 차곡차곡 쟁여 넣었다.

"너는 뱃속 편하겠다. 알바하는 거 허락 받고 야자도 안 하니 을마나 좋으셔."

키가 작고 통통한 형주가 지혁이의 꽁무니를 졸졸 쫓아다니며 조잘댔다.

"야, 인마! 너도 내 말 씹냐? 우리 아버지처럼 날 사람 취급 안 하는 거냐고, 엉?"

"미안하다. 지금 형님이 정신이 없다."

"아~놔. 열받네. 그깟 음료수 진열하느라 이 친구 말씀도 씹냐? 나, 되게 빡친다."

그제야 지혁이는 형주를 본다. 형주는 작은 눈을 동그랗게 뜨고 바짝 다가와 물었다.

"뭔 일 있냐? 재수 똥 튀기는 손님 있었어? 얼굴이 왜 우거지 똥상이냐? 참, 오늘 학교는 왜 안 왔냐? 와서 점심은 먹어야지. 인마, 잘하면 중졸 되는 거 아니야? 출석 일수는 채워야지. 전화도 안 받고. 그거 궁금해서 왔는데."

"아팠어."

"어디가?"

"여기가."

지혁이는 검지로 머리를 가리켰다.

"왜? 뭐 돌아 버릴 일 있냐?"

형주가 얼굴을 바짝 들이대고 물었다.

"조금."

"매일 일 나가시는 엄마한테 잔소리 들을 일은 없을 것이고~에 또, 성적 떨어졌다고 갈궈 대는 아빠도 없으니 답답한 일도 없을 것이고, 오! 그럼 남았네. 딱 한 가지…… 너, 연애하지?"

형주는 새끼손가락을 까딱거리며 지혁이 눈앞에 들이댔다. 헐, 바람 빠지는 소리가 지혁이 입에서 튀어나왔다. 형주는 얼굴을 더 바짝 들이댔다.

"연애도 아니면? 음…… 뭘까? 이 형님한테 부담 갖지 말고 털어놔 보시지."

"나 걱정해 줘서 고마운데, 오늘은 가 주라. 진짜 생각할 게 많다, 이 형님이."

"아이, 자식. 뭔 놈의 비밀은 많아 가지고. 그럼 내일 학교에서 보자. 스토커 같은 우리 집 오마니 때문에 가 봐야겠다. 시, 분 단위로 나를 감시하잖아. 내일 학교 가는 거 알지. 뭔 놈의 토요일에 학교는 나오라는 건지. 내일도 쨀 거냐? 인마, 툭하면 결석에 지각에, 졸업장이라도 챙기려면 면상 한번 들이대라."

"어쨌든 내일 보자."

같은 골목에서 살다가 아파트촌으로 이사를 갔는데도 아직 골목을 그리워하는 녀석. 어묵을 데워 먹으려고 사람들이 들어왔고, 우산을 사러 사람들이 들어왔고, 담배를 사러 사람들이 들어왔다.

L.A 다이저스 야구 모자를 푹 눌러쓴 남자가 유리문을 밀고 들어섰다. 창섭이 형이었다. 오늘도 알바 뛰고 들어오는 길인 것 같

왔다. 엄마가 쓰러져서 입원했다는 소문이 라이온스 PC방에 자자했다. 앞니가 심하게 튀어나온 창섭이 형.

"있잖아, 후배. 오늘은 이 형아가 소주 외상 좀 해야 되는데 어쩌냐?"

외상은 처음이었다. 형은 잔뜩 부아가 치민 얼굴이었다.

"네, 그렇게 하세요."

형은 시식대로 갔다. 소주병을 따서 안주 없이 그냥 마셨다. 위태로워 보였다. 지혁이는 사발면에 뜨거운 물을 부어 형 앞으로 갖다주었다.

"뭐야?"

"깡소주 먹으면 속 버려요, 형님."

"고맙네. 알바 하는 거 안 힘드냐? 그래도 편의점 알바는 꿀알바지. 대학은?"

형은 다시 소주를 병째 들고 마셨다.

"제 주제에 대학은 가당하지가 않아요. 큭큭."

지혁이는 손님이 두고 간 망가진 우산을 쓰레기통에 넣었다. 형은 참이슬 한 병을 벌써 거의 다 비우고 있었다.

"하긴. 대학 간다고 뾰족한 수 없더라. 융자 받아 학비 내고 그거 갚다가 학교 휴학하고, 졸업과 동시에 신불 된 애들도 많아. 알바로 감당하기 힘드니까. 그렇게 졸업하면 남는 게 졸업장하고 대출 통장이다."

형은 바닥에 남은 이슬을 입안에 톡톡 털어 넣었다.

"외상 고마워, 동상."

형은 오른손을 머리 위로 들어 보이고 씨익, 웃으며 나갔다. 오늘따라 튀어나온 앞니가 슬퍼 보였다.

"또 오세요, 형님."

지혁이는 가방 안에 있던 봉투에서 돈을 꺼내 형 대신 소주 값과 사발면 값을 치렀다. 12시가 다 되어 간다. 지혁이는 유리문 앞으로 바짝 다가가 비 오는 길을 내다보았다. 가게 앞에 키 작은 가로수 한 그루가 비를 흠뻑 맞고 서 있었다.

'찬비에 꽃눈이 제대로 붙어 있으려나.'

며칠 전 사장 아주머니가 호들갑을 떨면서 말했다.

"추운 겨울에는 죽은 것처럼 보이드니 봐 봐. 겨울눈에서 이제 새순들이 나오기 시작했어. 사진 동호회에서 지난주에 이거 찍었잖아. 이쁘지?"

사장 아주머니는 핸드폰에 저장해 둔 사진들을 지혁이 눈앞에 들이댔다. 겨울 나뭇가지에 돋아난 꽃눈이었다.

"이 꽃눈 밑에 이거 보이지? 추위에 꽃이 될 눈을 보호하려고 만든 이 비늘눈. 꽃눈이 이걸 뚫고 나오는 거야. 참 신기하지? 나무도 지 새끼는 알아보나 봐, 그치?"

아린이라고 했다. 비늘이나 털처럼 생긴 눈. 사장 아주머니는 공들여 찍은 사진을 몇 장 더 보여 주었다. 징그러운 것 같기도 하고 예쁜 것 같기도 했다. 쌀쌀한 날씨에 비까지 흠뻑 맞은 아린이 얼어 버리면 꽃눈이 나오기 힘들다며 걱정하는 사장 아주머니를 보니 참, 걱정거리가 저리도 없을까 싶었다.

시외버스 한 대가 웅덩이 물을 튀기며 편의점 앞 정류장에 섰다. 광주로 가는 시외버스가 서는 마지막 정류장이 편의점 바로 앞이었다. 평소에는 사람들의 왕래가 많았지만 늦은 시간인 데다가 빗줄기가 굵어지자 사람들은 보이지 않았다. 처마 끝에서 내려온 거미가 창밖에서 버둥거리는 게 보였다.

"그만 버둥대라. 너보다 더 버둥대는 이 형님도 있다."

지난번에 일했던 편의점 사장은 두 달치 알바비를 떼어먹었다. 고등학생은 쓸 수 없다는 사장을 간신히 설득해서 일했는데, 하루아침에 바뀐 사장 덕분에 빈손으로 편의점 문을 밀고 나와야 했다. 시궁창으로 흘러들어 가는 허드렛물처럼 기분이 더러웠다. 그날도 앉은뱅이책상 뒤쪽에 칼자국을 하나 더 보태는 것으로 간신히 마음을 달랬다. 엄마가 버는 돈은 고스란히 차압을 당한 상태였다.

학교에서 수업료는 지원받을 수 있었지만, 1학년 때 담임과 골치 아픈 일이 많아 그것도 그만두었다. 1학년 담임은 자기가 주는 돈도 아니면서 꼬박꼬박 아이들 앞에서 싫어하는 속사정을 까발렸다. 음절에 또박또박 강세를 찍는 담임의 군대식 말투를 듣고 있으면 바늘이 살갗을 콕콕 찍는 것만 같았다. 2학년에 올라와서는 담임에게 아무 말도 하지 않았다. 몸이 조금 더 고생하는 편을 택하는 게 나았다.

버둥거리던 거미는 어디론가 사라졌다. 빗방울들이 동그랗게 유리창에 맺혀 있는 게 보였다. 닦지 않아도 시간이 지나면 공중으로 흩어질 것들이었다.

유리문을 밀고 교복을 입은 남학생이 껌을 질경거리며 들어왔다.

"마쎄 하나. 파란 걸로."

껌딱지가 말했다. 지혁이는 마일드 세븐 한 갑을 꺼냈다. 껌딱지는 만 원짜리를 내밀었다. 지혁이가 잔돈을 세어 껌딱지에게 주려고 손을 내밀려고 할 때였다.

"아얏!"

동전이 손가락에 박혀 있던 가시를 건드렸다. 동전이 바닥으로 떼구루루 굴렀다.

"야! 이거 진짜 스팀 받네. 뭐 하자는 씨츄에이션이야? 왜 돈을 던지고 지랄인데?"

"언제 봤다고 반말인데?"

45

지혁이는 인상을 구기며 잔돈을 주웠다. 껌딱지는 구시렁대며 담배 비닐을 벗기더니 카운터 앞바닥에 그대로 버렸다.

"……야! ……빨리 주워라아. 내가 떨어뜨린 건 내가 주울 테니까, 네가 떨어뜨린 건 네가 주워. 여기가 느이 집 안방인 줄 아나?"

"뭐라고? 나더러 주우라고?"

껌딱지가 지혁이를 노려보았다.

"뭘 야려. 그럼, 네가 버린 거 네가 주워야지, 네 엄마더러 와서 주우라고 하랴? 여기 쓰레기통 안 보여? 엉?"

지혁이가 날선 눈빛을 번뜩이자 껌딱지는 순간 기가 죽었다. 주섬주섬 담배 비닐을 주워 쓰레기통에 버렸다.

"오늘은 내가 참고 간다~아!"

껌딱지는 죄 없는 유리문만 발로 차고 나갔다.

담엔 참지 마라. 나도 안 참을라니까. 지혁이는 아버지를 생각하니 피가 거꾸로 솟는 것 같았다.

"그래서…… 어쩌라고."

깊숙한 곳에 틀어박힌 가시 하나가 상처를 건드렸다.

우주의 법칙

명왕성은 태양 주위를 돈다.

지구도 태양 주위를 돈다.

달은 지구 주위를 돌고…….

그것이 별들의 길이다.

한 번도 그들은 궤도를 이탈해 본 적이 없다.

그게 질서다.

그게 우주의 법칙이란 말이다.

지혁이는 엄마 주위를 돌았다. 한 번도 이 질서를 깨 본 적이 없었다. 엄마의 자기력이 궤도를 일정한 거리에서 항상 붙들고 있었다. 그것이 지혁이의 길이었다. 하지만 지금은 원심력이 구심력보다 큰 시간. 이미 지혁이 마음은 집을 나설 때부터 궤도를 벗어나고 있었다. 아버지가 온다니. 아버지라면 치를 떠는 엄마한테는 차마 아버지가 온다는 말을 할 수 없었다.

엄마, 나 며칠 어디 가서 바람 좀 쐬고

문자를 썼다가 지웠다.

형주네 집에 갔다가 어디 갈 데가 있어.
사실은, 미국에서

다시 지웠다.

밤이 깊어지자 사람들이 뜸해졌다. 지혁이는 담배 한 갑을 진열대 위에서 꺼내 바지 주머니에 넣었다.

"아줌마, 담뱃값은 다음에 드릴게요."

계산대 위를 굴러다니던 라이터도 하나 챙겼다. 담배와 라이터는 궤도 이탈을 위해 장착한 로켓처럼 주머니를 불룩하게 만들었다. 지혁이는 의자에 걸어 두었던 잠바를 걸쳤다. 축축했다. 잠바 안주머니에 손을 넣어 보았다. 버터플라이가 손에 잡혔다.

종종 만져 보면 차가우면서도 날렵한 놈. 든든한 버팀목처럼 느낌이 좋은 놈. 특히 새벽에 집으로 들어갈 때는 그런 기분이 더 들었다. 어두운 골목을 걸을 때면 가끔 버터플라이를 손아귀에 쥐고 걸었다.

버터플라이가 손에 들어온 것은 작년 1학년 때였다.

"정지혁! 너 인마, 수학 시간에 잔다며? 다른 시간에도 뻑하면 자기나 하고. 조심해! 이 신청서 작성해서 내일까지 내라. 수업비 면제 받으려면."

담임은 귀찮다는 듯이 아이들 앞에서 신청서를 내밀었다. 아이들 사이에서 '잠자지'라는 말들이 오고 갔다. '잠자지'는 지혁이 별명이었다. 맨날 엎드려서 잠만 잔다고 붙여진 별명. 쟤, 잠자지 말야. 키득거리는 소리들이 들려왔다. 지혁이는 벌게진 얼굴로 아이들 눈치를 보며 앞으로 나가 신청서를 엉거주춤 한 손으로 받았다.

"어라, 이게?"

담임은 출석부로 지혁이 머리를 툭, 쳤다. 얼굴이 달아올랐다. 할 수만 있다면 몸을 꼬깃꼬깃 접어 납작하게 만들어 버리고 싶었다. 쉬는 시간이 되자마자 교실을 나왔다. 형주가 따라붙었다.

"페하 보면 있지, 남자도 생리하는 거 같아, 그치? 왜 졸라 예민하게 구냐."

가운데 머리만 대머리로 빛이 나는 담임의 별명은 페니스 헤드. 줄여서 페하. 담임은 아이들이 가끔 내뱉는 '페하'라는 말이 '폐하'이거나 용액의 산, 알칼리 상태의 세기를 수치로 나타내는 용어 PH인줄 알고 있었다. 우연히 별명이라도 듣게 되면 자기가 무슨 왕쯤 되는 줄로 착각하는, 조금 덜 떨어진 인간이었다.

"너 늦게까지 알바하느라 피곤해서 조는 거 알면서 말이야. 너 또 껌 씹냐? 몇 개 넣었냐?"

"일곱 개."

"오늘 스트레스 지수 엄청 높네. 서너 개가 보통이잖아."

"대가리 터지기 일보 직전이다."

"우헤헤. 나도 껌이나 하나 줘 봐라."

지혁이는 쉬는 시간에도 틈만 나면 엎드려서 모자라는 잠을 보충해야 했다. 야간자율학습도 안 하고 알바를 하러 가야 했기 때문에 반 아이들과 어울릴 틈도 없었다. 이런 사정을 아는 놈은 형주밖에 없었다.

그러던 어느 날, 비열하고 재수 없는 같은 반 똘마니들이 지혁이에게 눈독을 들이기 시작했다. 그놈들 중 한 놈이 다가와 지혁이의 어깨에 넓적하고 큰 손을 척 올리며 속삭였다.

"어이! 나 어제 우리 아부지한테 맞았거든. 담배 피우다가 걸려서 말이야. 존나, 재수 없게 다 뺏겼어. 너 아빠 없는 기러기 같은 신세라며? 좋겠네. 야자도 안 하지, 학원도 안 가고 매일 편의점에서 죽때리지, 그런 행운이 어딨냐? 나도 그래 봤음 조오켔다! 개부러워. 너 내일 학교 올 때 편의점에서 말보로 한 줄 부탁한다."

지혁이는 눈을 꼭 감았다. 똘마니 중 한 놈 엄마가 학교 간부라서 붙었다 하면 다른 애들도 덤터기를 쓰기 일쑤였다. 피했다. 형주가 오히려 거품을 물었다.

"졸라 재수 없는 쓰레기 새끼들."

똘마니들은 놀리는 것으로 모자랐는지 아무도 없는 으슥한 화장실 뒤쪽에서 한꺼번에 지혁이에게 달려들었다.

"너, 깝치냐? 내 말 주워 처들었어? 왜 담배 가져오라는데 안 가져와? 내일까지 용돈 3만 원 덤! 안 그러면 너 일하는 편의점이나 너희 집 앞까지 원정 간다."

지혁이는 집으로 올라가면서도 찐득하게 따라붙는 더러운 기분을 털어 낼 수 없었다. 담배 한 갑에다가 3만원까지. 알바비에서 그 돈까지 빼면 심각한 타격이었다. 폐하한테 말해 봤자 소용없다는 걸 알고 있었다.

화장실 뒤에서 어깨며 등이며 정강이를 걷어차인 다음 날이었다. 똘마니 중 덩치 크고 뚱뚱한 병기란 놈이 다가와 은밀하게 속삭였다.

"너희 엄마 말이야, 해장국집에서 아저씨들하고 그렇고 그런 사이라며? 해장국만 파는 게 아니라 술도 따르고……."

그놈은 허리를 잡고 흔드는 시늉을 해 보였다.

"내가 가면 할인도 해 주냐? 흐흐. 어제 여친이랑 술 마시러 갔다가 너희 엄마 봤는데 너랑 많이 닮았던걸?"

그놈이 어깨를 툭, 치며 희죽 웃었다. 웃는 입술이 고무줄처럼 가늘었다. 놈은 다시 한번 비릿한 웃음을 흘리고 갔다. 무릎이 살짝 흔들렸다.

엄마는 주로 음식점에서 일했다. 해장국집, 갈빗집, 감자탕집. 아무리 마음씨 좋은 사장을 만나도 한 달에 한 번 제대로 쉬어 본 적이 없다. 넓고 넓은 해장국집. 물컵과 물통, 물수건을 챙기고 주문을 받고 반찬을 챙기고, 몰려드는 손님에 다리가 후들대고, 무거운 쟁반에 팔목이 꺾였다. 발꿈치에는 굳은살이, 손가락에는 습진이 하얗게 피어났다. 엄마의 종아리에 돋은 울퉁불퉁한 하지정맥을 뚫고 한숨이 쉴 새 없이 쏟아져 나왔다.

가끔 '클레멘타인' 노랫소리가 울려 퍼지는 반찬차가 골목에 오면, 엄마는 누워 있다가도 벌떡 일어났다. 해장국집 문이 열리

면 자동으로 울리는 노래가 '클레멘타인'이었기 때문이다. 손님
이 들어오면 엄마는 앉아 있다가도 용수철처럼 벌떡 일어난다고
했다. 엄마는 시도 때도 없이 '클레멘타인'이 귓가에서 맴돈다고
했다.

지금, 지혁이 귓가에도 '클레멘타인'이 환청처럼 울린다.

넓고 넓은 바닷가에 오막살이 집 한 채
고기 잡는 아버지와 철모르는 딸 있네
내 사랑아 내 사랑아 나의 사랑 클레멘타인
늙은 아비 혼자 두고 영영 어디 갔느냐

말없이 병기 뒤를 쫓아갔다. 매점으로 가는 한적한 길이었다.

"다구리를 당하는 건 참을 수 있어. 놀리는 것도 참을 수 있어.
하지만 엄마를 욕하는 건 도저히 참을 수가 없다고!"

길가에 놓여 있는 나무 막대기를 주워 들었다. 병기를 쫓아가
뒤통수를 냅다 갈겼다. 막대기는 머리통을 빗나갔다. 어깨를 얻
어맞은 놈은 어이없는 표정을 지으며 뒤돌아섰다.

"야이, 씨발놈아. 간이 배 바깥으로 튀어나왔냐? 손모가지를
조져 버린다."

병기가 지혁이의 정강이를 걸어차고 머리통을 갈겼다. 우악스

러운 손이 내리치는 파워는 생각보다 컸다. 하지만 지혁이는 버둥대면서도 그놈의 눈을 피하지 않았다. 코피가 터졌다. 입술이 찢어졌다. 하지만 물러서지 않았다. 끝까지 놈을 노려보았다. 놈은 슬금슬금 기가 꺾였다.

"에잇, 재수 없게스리. 할 일도 많은데. 너 오늘 재수 좋은 줄 알아라."

병기는 잇새로 침을 탁 뱉었다.

"아, 씨발! 내일은 내가 너희 집 앞으로 출동하실 테니까 오늘 못한 것 마저 끝내 버리자. 우리 절친들도 너를 존나 보고 싶어 하거든. 너 개쪽 다 털릴 줄 알아."

교복 윗도리를 툭툭 털며 병기가 먼저 꺼졌다. 지혁이는 축구 골대 옆에 있는 수돗가로 갔다. 울지도 않았고 울음을 삼키지도 않았다. 묵묵히 입술에 흘러내린 코피를 닦았다. 그리고 놈이 사라진 1학년 교실 쪽을 눈이 뚫어져라 보았다.

"……헛소리 집어쳐…… 새꺄."

그날 밤 지혁이는 알바를 끝내고, 집으로 절뚝거리며 돌아와 새벽 2시까지 인터넷을 이 잡듯 뒤졌다. 호신용 너클을 검색했다. 너클보다 더 강력한 게 필요했다.

버터플라이……. 이름 한번 멋지네. 나비처럼 훨훨 날아간다. 기다려라, 이 새끼들아.

쇼핑몰에서 버터플라이를 샀다.

나비 날개처럼 손잡이가 양쪽으로 갈라지는 칼.

손잡이 안으로 집어넣으면 손아귀에 쏙 들어오는 칼.

지혁이는 버터플라이가 집으로 온 날부터 안주머니에 그것을 담고 다녔다. 병기가 엄마에 대해 한 번만 더 주둥아리를 놀리면 그날은, 품 안에 있던 버터플라이가 그놈 어딘가에 나비처럼 날아가 꽂히는 날이 될 거야, 속으로 되뇌이며 벼르고 다녔다.

지혁이의 심상치 않은 눈빛과 행동거지를 본 형주가 걱정스러운 얼굴로 물었다.

"너 요즘 왜 그러냐? 눈에서 광선 나오겠다. 뭔 일 있냐?"

"응."

지혁이는 형주를 화장실로 데려갔다. 그리고 안주머니에 있던 버터플라이를 꺼냈다. 형주 눈이 휘둥그레졌다.

"야, 인마. 이게 뭐야? 너, 미쳤냐. 뒈지려고 환장했냐? 잭나이프를 학교에 가지고 오게?"

형주는 주위를 급하게 살피고 얼른 칼을 집어넣었다.

"너 돌았냐? 걸리면 퇴학이야."

"나 건드리는 놈은 이걸로 쑤실 거야."

"야, 야! 정지혁! 정신 차려! 그렇잖아도 지각에 결석에 별이 많은 놈이."

"병기 새끼가 우리 엄마 욕했어. 한 놈만 걸리면 그날이 그놈 제삿날이 될 거야."

"그 새끼. 졸라 재수 없는…… 걔네들, 인생 잡치는 개망나니 놈들이야. 폐하도 손 놓은 애들이라고. 한 귀로 듣고 한 귀로 흘려."

"절대로…… 못해, 그렇게. 우리 엄마…… 건드리는 놈들은 가만 안 놔둬!"

그날부터 지혁이는 버터플라이를 가슴에 품고 다녔다. 버터플라이가 있는 걸 알았는지, 지혁이 눈빛이 심상치 않게 느껴졌는지, 똘마니들이나 병기가 지혁이를 건드리는 일은 없었다. 지혁이는 버터플라이가 온 다음부터 이상하게 행운이 따라 준다고 생각했다. 사채업자들도 잠잠했다. 알바도 별 탈 없이 잘 되어 갔다. 그렇게 모든 게 잠잠하게 그냥 지혁이를 지나쳐 주길 바랐다.

"이 버터플라이가 온 다음부터는 이상하게 행운이 따라 준다. 히히."

"쓰레기 걔네들 말이야, 경찰서 갔다 왔댄다. 학원 골목에서 삥 뜯다가 걸려서. 행운을 가져다준 건 그 버터 머시기가 아니고 경찰 나으리들이셔."

"어쨌든 나한테는 행운이 따라 주는 버터플라이야."

"아이고, 갖다 붙이기는."

56

1학년이 끝나는 날, 지혁이는 버터플라이를 앉은뱅이책상 두 번째 서랍 안에 깊숙이 넣었다. 칼을 두고 다니자 온몸에서 힘이 빠져나가는 것만 같았다. 그렇다고 버터플라이를 계속 품에 넣고 다니는 것도 위험한 일이었다. 알바를 끝내고 돌아오는 새벽길이 위험하게 느껴질 때 가끔 버터플라이를 안주머니에 넣고 다니는 것으로 위안을 삼았다. 오늘이 바로 그런 날이었다.

하지만 새벽길보다 더 위험한 건 마음속 길이었다. 교대할 형에게 인사를 하고 편의점 문을 열고 나왔다. 비는 촘촘하고 우악스럽게 쏟아지고 있었다.

어디로 갈까? 비는…….

하수구로 흘러들어 가는 비를 무심히 내려다보았다. 전깃줄에 빗방울들이 맺혀 있는 게 보였다. 그것도 얼마 못 가 큰 빗방울에 밀려 땅으로 곤두박질쳤다.

"가자."

마치 주문처럼 들리는 낯선 단어였다. 어디선가 마법의 마차를 끌고 요정이 나타날 것만 같은 말이었다. 하지만 아무도 오지 않았다. 우산을 펼쳤다. 우산살 하나가 심하게 기울어져 있었다. 많이……. 많이 기울어져서 구부러지고 싶었다. 하지만 엄마 때문에 구부러져서는 안 되었다. 엄마, 오늘은 저 구부러질랍니다. 집이 아니면 어디로든 궤도를 이탈할 수 있을 것만 같았다.

차르락―

가방 지퍼에 매달려 있는 나비 모양의 금속 열쇠고리가 소리를
냈다. 형이 수학여행 가기 전날 준 거였다.

"이거, 아빠가 준 거야. 미국에 갈 때. 이제 너 가져."

"정말? 나 주는 거야?"

"응. 잘 가지고 있어."

마지막으로 형이 준 마스코트였다. 푸른색으로 도금이 된 금속
열쇠고리. 날개가 따로 움직여지는 열쇠고리라서 형이 아끼던 거
였다. 그날 그걸 받지 말았어야 했다.

잠바 안에서 잠자고 있는 또 다른 버터플라이를 손에 쥐어 보
았다. 매끄러운 감촉이 손에 전해졌다. 두려운 마음이 거짓말처
럼 사라졌다. 편의점이 있는 건물을 돌아 어두운 골목 앞에 섰다.
좁은 골목길을 보며 크게 숨고르기를 했다. 순간 골목이 일그러
졌다. 골목이 빙글 돌았다. 눈을 감고 머리를 한 번 세차게 흔들
었다.

'한동안 잠잠하더니 또…….'

얼른 꺼내라니까

"너, 정신과에 가 봐야 하는 거 아냐?"

형주가 코딱지를 파면서 말했다.

"돌팅아, 내가 정신병자냐?"

"골목이 너를 잡아먹을 것 같다며?"

"어쩌다 한 번씩 그런다는 얘기지."

"야, 어쩌든 저쩌든 골목이 그렇다며? 자면서 처먹어 대는 것
도 그렇고."

형주가 몇 달 전에 한 말들이 귓바퀴를 맴돌았다.

골목 공포증…… 공황장애 비슷한 것 같았다.

골목에 들어서면 숨 쉬는 게 답답해졌다. 눈앞이 아득해졌다. 길고 좁은 길을 보면 갑자기 식은땀이 나고 다리에 힘이 빠졌다. 골목이 빙글 돌았다. 뒷목이 뻣뻣해지고 그 뻣뻣함이 뒷목에서 등골 밑을 타고 내려갔다. 심장이 죄어져 오고 숨이 가빠졌다. 죽을 것만 같은 이 시간은 길어 봐야 4, 5분 정도였지만 영원처럼 길게 느껴졌다. 악몽 같은 몇 분이 지나면 거짓말처럼 정상으로 돌아왔다.

한동안 사라졌던 증상. 형이 죽었을 때 지혁이는 아무도 모르게 세상에서 사라질 것 같은 두려움에 시달렸다. 지혁이는 그때 초등학교 3학년이었다. 악몽에 시달렸고 골목을 걷거나 버스나 지하철을 탈 때면 숨이 갑갑했다.

"엄마, 숨이 잘 안 쉬어져."

"체했니?"

엄마는 지혁이 등만 두드리다가 말았다. 지혁이까지 신경 쓸 겨를이 없었다. 다행스럽게도 시간이 지나자 증상이 서서히 사라졌다. 그런데 잊고 있었던 증상이 작년부터 나타나기 시작했다. 더 험악한 얼굴로.

지혁이는 먼지를 털어 내듯 머리를 몇 번 더 흔들고 골목 안으로 들어갔다. 주택이 시작되는 골목 어귀에 낡은 처마가 있었다. 우산을 접고 처마 밑에 쭈그리고 앉았다.

정말 병원에 가 봐야 하는 걸까⋯⋯. 참네, 골목 공포증이라니. 톡, 처마 끝에 매달려 있던 빗방울 하나가 콧잔등에 떨어졌다. 빗방울은 입술까지 내려왔다. 손으로 쓰윽 빗방울을 한번 훔쳤다. 쭈그려 앉으니 버터플라이가 갈비뼈를 건드렸다. 안주머니에 있던 버터플라이를 꺼내 잠바 바깥 주머니에 넣었다. 주머니에서 담배를 꺼냈다. 비닐을 떼어 내고 한 개비를 꺼내 입에 물었다. 라이터를 켰다. 빗물이 묻었는지 불이 붙지 않았다. 다시 한번 힘을 주었다. 코끝에 가스 냄새가 훅, 끼쳤다. 갑자기 타오르는 불빛에 주위가 환해졌다. 순간 움찔했지만 담배에 불을 붙였다. 담배 한 모금을 깊이 들이마시자마자 연기가 입안을 통과하면서 헉, 숨이 막혔고 목구멍이 쓰라렸다. 컥, 기침이 나왔다.

그때였다. 왼쪽 갈비뼈를 뭔가가 쿡, 아프게 눌렀다. 날카로웠다.

"돈 꺼내."

낮지만 가파르고 위협적인 말투였다. 그 말투가 손가락 사이에 끼워져 있던 담배를 놓치게 했다. 치직, 담뱃불이 빗물에 타 들어가는 소리가 가늘게 들렸다. 팽팽한 긴장감이 골목을 내리눌렀다. 버터플라이는 오른쪽 바깥 주머니에 있었다.

"허튼짓하지 말고."

낯설지 않은 말투가 귓가를 파고들었다. 갑자기 지혁이의 눈앞에서 골목이 휜다. 꼼짝할 수가 없다.

"천천히 일어나."

"주머니에 있어요, 돈."

엉거주춤 일어나면서 슬쩍 남자를 보았다.

그……놈이었다.

1학년 때 엄마를 욕했던 그 똘마니. 병기 새끼.

"꺼내."

놈은 가로등을 등지고 있는 지혁이를 몰라보았다. 지혁이는 순간 가슴이 뻐근해지고 따끔거렸다. 숨을 깊게 내쉬었다.

그래, 너였냐? 꿈속에서 내 뒤를 지긋지긋하게 따라붙었던 존만 한 새끼가?

"야, 빨리 안 꺼내?"

목소리가 어두운 골목으로 낮게 깔렸다. 그놈이 드디어 지혁이 눈앞에 나타난 거였다. 도망쳐야 하는데. 갑자기 발이 땅에서 떨어지지 않는다. 부르르, 지혁이 몸이 꿈속에서처럼 떨려 왔다.

뚜벅뚜벅.

꿈속에서 늘 지혁이 뒤를 따라붙었던 발소리가 멀리서 아스라이 들려온다.

빨리 도망쳐야 해. 와장창 유리 깨지는 소리가 겹친다.

아아악. 여자의 비명 소리도 뒤따른다. 지혁이는 생각을 떨쳐 버리려고 고개를 좌우로 흔들었다. 골목이 빙글 도는 것 같았다. 식은땀이 났다.

놈은 갈비뼈에 칼을 바짝 들이댔다. 칼끝이 느껴졌다. 여차하면 찌를 것만 같았다.

'그건 안 되지. 씨발, 이번엔 당할 수 없어. 이 정지혁을 뭘로 보고. 하필 얼굴도 기억나지 않는 아버지란 작자가 온다고 하는 이런 개 같은 날에 네가 내 삥을 뜯냐?'

머릿속은 온갖 생각들로 뒤엉켜 돌아갔다. 버터플라이를 꺼내는 방법, 놈에게 버터플라이를 휘두르는 방법, 그리고 큰길로 튀는 방법. 순서대로 어떻게 해야 할지 머릿속에서 휘리릭, 필름이 재빠르게 돌아갔다.

"씨발! 얼른 꺼내라니까!"

주머니로 들어가는 지혁이의 손이 바르르 떨렸다. 그림자가 져서 어두운 오른쪽 주머니에서 버터플라이의 황동색 무늬목으로 된 손잡이가 슬며시 나왔다. 손잡이를 잡는 순간 지혁이는 버터플라이의 칼날을 완전히 펼쳐 잡았다. 돌아서자마자, 놈을 향해 버터플라이를 날렸다. 버터플라이는 망설임 없이 나비처럼 날아갔다.

"윽, 이 씨발 새끼…… 어어…… 너 정지혁…….""

놈이 쓰러졌다. 어디를 어떻게 휘둘렀는지 알 수 없었다. 지혁이는 머릿속이 하얗게 변했다. 버터플라이를 손에 쥔 채 큰길로 냅다 튀었다. 편의점 앞 정류장에 버스가 서 있는 게 보였다. 뒤에서 피를 흘리며 놈이 쫓아올 것만 같았다. 잽싸게 버터플라이를 접어 주머니에 넣는 순간, 그만 보도블록 위에 나뒹굴고 말았다. 풀어진 운동화 끈을 밟아 버린 거였다.

"누구야?"

어디서 나타났는지 병기 똘마니 하나가 지혁이 앞을 가로막았다. 지혁이는 생각할 틈도 없이 버터플라이를 한 번 더 날렸다. 으윽, 놈이 쓰러졌다. 지혁이는 정신을 차리고 얼른 다시 일어나 튀었다. 뒤도 돌아볼 수 없었다. 버스 앞문을 다급하게 두드렸다. 버스 기사는 천천히 문을 열어 주었다.

"헉…… 헉…….."

버스에 올라타니 한시름이 놓였다.

"지금 출발하죠?"

"뒤차 배차 시간 때문에 좀 더 서 있을 거야."

지혁이는 흠뻑 젖은 얼굴을 손으로 쓸었다. 뒷자리에 가서 쓰러지듯 앉았다. 손이 덜덜 떨렸다. 멈추려고 해도 멈춰지지 않았다. 허벅지도 부들부들 떨리고 이까지 위 아래로 딱딱 소리를 냈다. 내가 뭘 한 거지? 혹시 급소에 맞은 건 아닐까? 피를 많이 흘리고 죽지 않았을까? 병기 놈이 나를 알아봤어. 괜히 칼을 갖고 다녔어. 아니지. 만약 버터플라이가 없었다면 병기 놈 칼에 맞아 내가 죽었을지도 몰라. 중간에 튀어나온 놈은 어떻게 된 거지? 난감하기도 하고 고맙기도 한 버터플라이가 주머니에서 딱딱하게 손에 부딪쳐 왔다. 지혁이는 당장 버스에서 뛰어내려 집으로 돌아가고 싶었다. 앉은뱅이책상이 있는 반지하 작은 방 서랍 안에 버터플라이처럼 꽁꽁 숨고 싶었다. 아, 이런 제길.

만약 놈이 잘못되기라도 했다면……. 나, 난 잘못한 거 없어. 얼굴은 식은땀인지 비인지 아니면 눈물인지 알 수 없는 것들로 젖어 있었다. 심장이 빠르게 뛰었다. 머리가 어지러웠다. 손가락이 부들부들 떨렸다. 창에 머리를 기댔다. 가방에서 껌을 꺼내 손에 잡히는 대로 입안에 몰아넣었다. 향긋한 껌 향기가 입안을 부드럽게 했다. 껌의 달콤함이 침을 돌게 했다. 덜덜 떨리는 손과 허벅지가 차츰 진정이 되었다.

비 오는 날은 항상 조심해야 해. 생각지도 못한 사고가 많이 일어나거든.

사장 아주머니가 한 말이 생각났다. 어떻게 하죠, 아주머니? 이게 다 그 빌어먹을 놈의 비 때문이에요. 차는 출발할 낌새가 없었다. 초조해지기 시작했다.

"이 차 언제 출발해요?"

"학생, 뒤차 배차 시간 때문에 조금 있다 출발이야."

지혁이는 그제야 노선도를 보았다. 으악, 광주로 가는 시외버스다. 터미널에서 출발한 막차였다.

"저, 잘못 탔어요. 내릴게요."

지혁이는 문으로 가면서 창밖을 살폈다. 이런, 병기가 바로 코앞으로 오고 있는 게 보였다. 병기는 이쪽저쪽 주위를 살펴보고 있었다. 죽지 않고 살아 있으니 다행이긴 했다. 그때 경찰차의 사이렌 소리가 울렸다. 골목 쪽이었다. 병기는 사정없이 뛰기 시작했다. 젠장! 이쪽으로 뛰어오고 있었다.

"아저씨, 요금 이따 낼게요."

주머니에서 차비를 꺼낼 시간도 없었다. 다시 맨 뒷자리로 가서 고개를 푹 처박고 앉았다. 제발 이 차만 타지 마라. 사이렌 소리가 더 가까이서 들렸다. 차가 서서히 움직였다. 그래그래, 빨리 출발해라. 쾅! 쾅! 쾅! 병기가 차 문을 두드렸다.

"아저씨! 잠깐만요!"

재수도 지지리 없지. 병기가 올라탔다. 병기는 앞쪽 자리에 앉았다. 창밖으로 경찰차가 오고 있는 게 보였다. 병기도 고개를 푹 숙이고 앉았다. 멀쩡하게 걸어 다니는 거 보니까 그나마 천만다행이긴 했다. 버터플라이 조준에 실패한 게 틀림없다. 다음 정류장에서 내려야지. 병기야, 제발 자라. 나 좀 내리자. 지혁이는 몸을 푹 숙이고 창에 머리를 기댔다. 턱, 터덕 턱, 차가 흔들려 머리가 창틀에 닿을 때마다 골이 울렸다.

버터플라이야, 행운을 가져다주는 능력이 사라진 거냐? 아님 나를 저 자식한테서 살려 준 게 행운인 거냐? 피곤이 몰려왔다. 미쳤냐. 지금 잠이 와? 자면 안 돼. 의지와 상관없이 잠이 밀물처럼 쏟아져 들어왔다. 그러고는 의식을 순식간에 먹어치워 버렸다. 먼 곳에서 어떤 소리가 들려왔다. 아주 작은 소리였다.

발목

야! 이리 안 와?

병 깨지는 소리가 들린다.

어두운 골목 끝에서 이쪽을 향해 자꾸만 다가오는 것은

발목이 잘린 발.

무거워 보이는 구두를 걸친 발.

구두는 허물처럼 너덜너덜하다.

뚫린 구멍 사이로 발가락이 훤히 보인다.

발목에서는 피가 콸콸 쏟아지고 있다.

길은 어느새 피로 흥건하다.

발이 땅에서 떨어지지 않아 움직일 수가 없다.

그 순간 눈앞에 나타난 사다리.

허겁지겁 사다리를 오른다.

사다리를 한 칸 한 칸 오를 때마다 핏자국이 선명하게 찍힌다.

쫓아오던 발목이 멈춰 선다.

내려다보니 발목의 주인은 형이다.

아니, 아버지다.

아버지가 다가와 목을 사정없이 누른다.

참을 수 없는 고통에 도끼를 휘두른다.

외마디 비명 소리가 들린다.

그때 다리가 휘청, 미끄러진다.

사다리 밑으로 끝없이 추락한다.

아아악!

끼이~이익, 꽈당.

버스가 급정거하는 바람에 의자에서 바닥으로 미끄러졌다. 눈을 번쩍 떴다. 부아앙, 소음기를 뗀 오토바이의 찢어질 듯한 굉음이 귀청을 때렸다.

"괜찮아? 계속 앞자리로 오는 것 같더니만……."

맞은편 자리에 앉은 아주머니가 걱정스레 물었다.

"네?"

으악! 어느새 병기 바로 뒷자리에 앉아 있다니. 내가 못산다, 못살아. 먹을 게 없으니까 왕그지님이 이제는 자리까지 바꾸셨다. 바로 코앞에서 병기가 꾸벅꾸벅 졸고 있었다. 지혁이는 재빨리, 살금살금 뒷자리로 돌아왔다. 병기야, 계속 자라, 제발.

"에라이! 오살할 놈들! 언제 황천길 갈지도 모르는 것들이 지랄들이라니까. 비도 오는데 왜 미친놈들처럼 저러고 돌아댕기는지……. 지 에미 애비가 저 지랄 떠는 거 아나 몰러. 개죽음이나 당하지."

요란하게 장식을 한 오토바이 한 대가 질주하며 달아나고 있는 게 창밖으로 보였다. 하이빔을 번득이며 무서운 속도로 뛰쳐나가는 오토바이의 뒷모습. 오토바이는 빗물이 번쩍거리는 도로 위에서 아슬아슬한 곡예를 하며 사라져 갔다. 신호등이 바뀌고 버스가 천천히 출발했다.

병기는 계속 머리로 노를 젓고 있었다. 저 자식 계속 자네. 얼른 내려야지. 살살 눈치를 보며 앞쪽으로 가는데 병기가 벌떡 일어났다.

"아함~ 아저씨, 이 차 어디서 내려요?"

이런 젠장! 지혁이는 고개를 잔뜩 움츠리고 그 자리에 섰다.

"이제 정차하는 곳 없는데. 바로 광주로 가. 학생이 탄 데가 마지막 출발 정류장이야."

"네에? 광주요?"

"학생, 앉아. 위험하니까."

"저, 아무 데서나 내려 주셔야 하는데."

병기의 잔뜩 부은 소리가 들렸다.

"정류장밖에 못 서. 학생이 벌금 물어 줄 거야?"

광주라니, 쩝. 지혁이는 고개를 푹 수그리고 오리걸음으로 다시 자기 자리로 왔다. 젠장! 젠장! 젠장!

12시 45분. 창밖은 어두웠다. 어둠은 모든 것을 꽁꽁 묶어 놓았다. 어둠이 창밖에서 지혁이를 들여다보고 있었다. 지혁이는 안쪽에서 어둠을 노려보았다. 날카로운 빛의 조각들이 잠깐씩 얼굴을 찌르며 지나갔다.

갑자기 버스에서 당장 뛰쳐나가고 싶은 마음에 심장이 조여 오기 시작했다. 골목처럼 좁은 곳에 들어가면 이런 두근거림이 심해졌다. 광주까지 어떻게 가지? 창문을 열었다. 바람이 훅, 불었고 비가 들이쳤다. 시원했다. 눈을 감았다. 여기는 버스 안이 아니다. 바닷가다. 저 빗소리는 파도 소리다. 속으로 계속 되뇌었다. 이름 모를 거리들이 스쳐 지나갔다. 쉬지 않고 비가 내렸다. 젖은 거리들이, 젖은 나무들이 끝없이 이어졌다.

몹시 추웠던 일곱 살 겨울. 그날도 겨울비가 부슬부슬 내리는 밤이었다.

아버지는 공항의 긴 에스컬레이터에 오르고 있었다. 지혁이는 그 뒤에 서서 아버지를 보고 있었던 것 같다. 쥐색 바바리가 아버지보다 컸다. 헐거워 보이는 아버지의 뒷모습. 비스듬히 닳아 버린 아버지의 검은색 구두 뒷굽이 오래도록 기억에 남았다. 아버지 뒤를 따라가면서 지혁이는 과자를 하나씩 꺼내 먹었다. 파사삭, 맛있게 부서지는 소리를 내면서 과자가 목구멍을 넘어갔다. 아버지가 유일하게 남겨 준 건 손에 쥐어 준 새우깡이었다.

"아빠, 이거 먹어."

지혁이가 내미는 새우깡을 아버지는 차갑게 뿌리쳤다. 왜 그랬을까. 너무 작은 지혁이가 눈에 들어오지 않았을까. 아버지 얼굴은 기억나지 않았지만 과자가 발밑에서 부서지는 소리는 아직도 생생했다.

지혁이는 지금도 '깡'이 붙은 과자를 보면 이상한 적개심이 들곤 했다.

"……억울해."

잠긴 목소리가 빗소리에 섞여 버스 창문에 낮게 부딪쳤다.

애앵앵앵~ 버스 뒤에서 경찰차의 요란한 사이렌 소리가 시끄럽게 따라왔다.

"저런, 어째. 아까 그 오토바이잖아. 쯧쯧쯧."

창밖을 보며 앞자리에 앉은 아주머니가 연신 혀를 찼다. 오토바이 한 대가 중앙선 위에 널브러져 있었고 2, 3미터 정도 떨어진 곳에는 사람이 나동그라져 있었다. 헬멧을 쓰지 않은 머리에서 검붉은 액체가 흘러나와 젖은 도로 위를 적시고 있었다. 경광등 불빛을 번쩍이며 경찰차가 사고 현장 주위로 왔다. 구급차의 사이렌 소리도 요란하게 들려왔다. 버스가 그 옆을 천천히 통과하기 시작했다. 쯧쯧쯧, 혀 차는 소리들이 들려왔다. 신호등이 빨간색으로 바뀌자 차가 사거리 횡단보도 앞에 섰다. 차가 서자마자 갑자기 차 꽁무니를 두드리는 소리가 들렸다.

쾅! 쾅!

"아니, 저 아저씬 뭐야?"

기사 아저씨의 투덜대는 소리가 들렸다.

쾅! 쾅! 쾅!

"뭐요? 여기서는 정차 못 해요."

"저, 저저. 잠깐 기둘리시오. 기사 양반! 아까 차에 뭘 놓고 내렸응게."

"이상하네. 출발하고 아까 내린 사람 없었던 것 같은데."

기사 아저씨의 투덜대는 소리가 들렸다. 웬 아저씨가 헐레벌떡 버스 위로 올라섰다.

"이 양반이 초상 치를 일 있나. 막 타면 어째요? 언제 내렸소?

못 본 것 같은데."

"아따, 내리는 손님들 얼굴 다 기억한다요? 헤헤헤. 허벌나게
뛰었구만요. 놓치는 줄 알았당게. 퍼뜩 출발하쇼."

어떤 아저씨가 획획, 손을 앞뒤로 내저으면서 통로를 걸어왔
다. 신호등이 바뀌고 나서 버스가 출발하자마자 버스 통로를 걸
어오던 아저씨는 우당탕탕, 빗물에 미끄러지면서 넘어졌다.

"워메 워메. 사람 잡네."

"괜찮소?"

"아고고고~ 오메 내 엉치여. 이 보퉁이 땀시 십년감수했네.
마누라도 못 보고 초상 치를 뻔했구만이라. 헤헤헤."

아저씨는 맨 뒤 지혁이 건너편 자리에 큰 보퉁이를 올려놓았
다. 아저씨는 많고 많은 자리를 놔두고 하필 지혁이 옆자리에 턱
하니 앉았다.

"학생! 먼 길 가는데 야그나 쪼까 나누자고. 헤헤헤."

진짜 골치 아프네. 새벽 1시에 무슨 얘기를 나누자고. 지혁이
는 병기가 어떻게 하고 있는지 슬쩍슬쩍 살피면서 창밖을 내다보
았다. 아저씨는 맞은편 자리에 올려놓은 꼬질꼬질한 보퉁이에서
호일에 싸인 것을 꺼냈다. 아저씨는 눈앞으로 김밥을 쑤욱, 내밀
었다.

"지금이 출출할 시간이여. 먹어 봐."

계속 반말이다.

"저는 배 안 고파요."

"돌멩이도 씹어 먹을 나이구먼. 쪼까 들어 봐. 등짝에 달라붙은 가방은 내려놓고 말이시."

지혁이는 얼떨결에 배낭을 무릎 위에 내려놓았다.

"먹어. 괜찮으니께. 먹드라고잉."

지혁이는 어쩔 수 없이 씹던 껌을 뱉어 손에 들고 김밥 하나를 집었다.

"그란디 학생은 오밤중에 어디를 가는감? 혼자?"

"⋯⋯큰집에요."

얼떨결에 튀어나온 말이었다.

"큰집? 뭔 일이 있는디 학교도 안 가고? ⋯⋯큰집이라면 ⋯⋯ 혹시 교도소?"

"⋯⋯."

목에 김밥이 켁, 막혔다.

"그려그려. 내 알 바 아니제. 천천히 묵어. 목 맥혀. ⋯⋯물도 먹고. 이거 하나 더 먹드라고."

아저씨는 생수병을 건네며 김밥 하나를 더 권했다. 턱수염을 깎지 않아 덥수룩한 턱까지 들이밀었다. 어쩔 수 없이 하나를 더 집어 들었다.

“네, 이것만 먹을게요. 감사합니다.”

“그려, 그려.”

남은 김밥은 호일에 잘 싸여 다시 그 꼬질꼬질한 보퉁이 안으로 들어갔다. 아저씨는 김밥을 보퉁이에 넣고 나서 주섬주섬 뭔가를 또 꺼냈다.

“학생, 혹시 이런 거 안 필요헌가?”

아저씨의 손에는 칫솔 세트가 비닐에 싸여 있었다.

“필요 없는데요.”

“그라믄 이런 거는? 학생이니까 필요허겄지. 만능펜인디.”

이번에는 볼펜 세트를 눈앞에 내밀었다. 짙은 눈썹 밑에 있는 외꺼풀 눈은 어울리지 않게 맑았다.

“필요 없어요.”

자꾸만 말을 거는 아저씨가 귀찮았다.

‘이런 걸 팔아먹으려고 옆에 앉았군.’

“생각해 보고 필요허믄 말하드라고. 그럼, 나는 자야 쓰겄네. 오늘 하루도 힘들었으니께.”

지혁이는 손에 들려 있던 김밥 한 개를 마저 입안에 넣었다. 배 속은 출출했지만 김밥은 모래알같이 까끌거렸다. 입속에서 잘게 바숴지는 밥 알갱이들과 김 조각들과 단무지, 시금치, 당근, 어묵 들이 차례로 말을 걸었다.

너, 오늘 정말 재수 똥 튀기는 날이라고.

손에 들고 있던 껌은 어디로 갔는지 보이지 않았고 옆자리에
앉은 아저씨는 코를 골기 시작했다. 앞쪽에 앉은 병기를 보니
아예 포기하고 창문에 고개를 처박고 자는 것 같았다.

시계는 새벽 1시 40분을 가리키고 있었다.

자냐?

형주에게 문자를 보냈다. 한참 지나도 답이 없다. 자고 있겠
지.

"다희야~아! 다희야……."

아저씨는 꿈을 꾸는지 손까지 내저으며 잠꼬대를 한다. 입술
끝에서 더러운 침이 주르륵 흘러내렸다.

꺼내고 싶어

아저씨는 자기보다 훨씬 큰 외투를 입고 있었다. 무릎까지 내려오는 갈색 외투 밑으로 긴 검정색 장화가 보였다. 머리에는 어울리지 않는 중절모가 얹혀 있었고 희끗한 머리가 모자 바깥으로 삐져나와 있었다. 외투와 중절모는 비에 젖어 있었다.

아저씨는 푹 삶은 시금치처럼 보였다. 손에는 면장갑을 끼고 있었다. 손가락 끝 한 마디가 없는, 시장 장사꾼들에게서 흔히 볼 수 있는 목장갑이었다. 마디 굵은 손가락이 튀어나와 있었다. 손톱 끝은 우툴두툴했다. 깎을 시간도 없이 제멋대로 자라난 손톱은 지저분했다. 까만 때가 손톱 밑에 끼어 있었다.

더러워. 지혁이는 주머니 안에 있던 손을 꺼내어 무심히 손톱

끝을 내려다보았다. 손톱은 아저씨만큼 더러웠고 게다가 손가락 끝은 물어뜯은 자국으로 너덜거리기까지 했다. 오늘 일을 끝내고 손을 씻지도 못하고 나왔다. 지혁이는 슬며시 손을 오므려 주머니에 넣었다. 먹고 살기 위해 하루치 노동을 해야 하는 손.

"내가 학생인지 뭔지, 마구 헷갈린다."

가끔 형주에게 답답한 마음을 털어놓았다.

"어차피 졸업하면 사회인이다. 쬐끔 일찍 일한다고 생각해, 인마."

아저씨는 때에 전 중절모를 비스듬히 머리에 눌러쓰고 고개를 앞으로 숙인 채 규칙적으로 숨을 쉬고 있었다. 지혁이는 창 쪽으로 몸을 더 붙였다. 잠바 안에 있는 버터플라이를 만져 보았다. 네가 항상 내 옆에 있었구나. 가장 힘들 때.

의자 등받이에 몸을 깊숙이 밀어 넣었다. 눈을 감았다. 순간 한꺼번에 잠이 쏟아졌다. 아버지에 대한 분노도 못 견딜 것 같은 미움도 잠 속에 아득히 사라졌다. 왜 이리 잠이 쏟아지는 걸까.

"너, 아무래도 정신적으로 힘들 때마다 잠을 자 버리는 그런 방어기제가 있는 거 같다. 아는 동생도 엄마나 선생한테 시달리면 아무 데나 들어가서 픽, 쓰러져 자 버리거든. 근데 넌 자는 것도 모자라서 자면서 뭘 또 먹어 대냐. 도대체 왜 그런 거냐?"

형주가 중얼대는 소리가 아스라이 들려온다.

아버지는 보험회사 지국장이었다고 했다. 엄청난 자금을 관리하고 있었단다. 아버지처럼 생겨 먹은 사람이 보험회사에 들어간 건 대단한 일이라고 했다. 게다가 지국장이 된 건 하늘의 별을 딴 거라고 했다. 아버지처럼 생겼다는 게 도대체 뭘까? 엄마도 가끔 그런 말을 했었지. 지금은 얼굴도 기억나지 않는 사람. 그런데 아버지가 사라지던 해에 몇 십 억이 날아갔다고 한다. 아버지는 공금 횡령으로 도망자 신세가 되었다.

지혁이와 엄마, 형은 큰 아파트에서 코딱지만 한 다세대 반지하로 쫓기듯 이사를 해야 했다. 두더지 집처럼 캄캄한 집이 싫어서 지혁이는 매일 훌쩍거렸고 형은 그럴 때마다 꿀밤을 먹였다. 한 달 후 지혁이는 초등학교에 입학했다.

학교에 다니기 시작한 지 얼마 되지 않은 어느 날, 다시 떠올리고 싶지 않은 날, 골목이 무서워지기 시작한 날이었다. 지혁이는 선생님께 받은 상장을 손에 들고 신나게 집으로 달려가고 있었다. 고소한 부침개 냄새가 골목 안을 진동했다. 엄마가 부침개를 부치고 있나? 입안에 침이 고였다.

가벼워진 발걸음으로 집에 막 들어서던 참이었다. 활짝 열려진 문밖으로 고함 소리가 들려왔다. 깜짝 놀라 선뜻 집 안으로 들어갈 수 없었다. 문 뒤에 숨어 고개를 살짝 내밀고 안을 들여다보았다. 집 안에는 낯모르는 아저씨들이 신발을 신은 채로 들어와 있었다. 방바닥 위에 발자국들이 어지럽게 찍혀 있었다. 지혁이는 눈만 빼꼼 내밀어 집 안을 엿보았다. 아저씨들은 다짜고짜 엄마 머리채를 잡고 흔들었다. 중학교에 막 입학한 형은 엄마 옆에서 울고 있었다.

"내놔! 내놓으란 말이야. 이렇게 도망치면 못 찾을 줄 알았어? 엉?"

"없어요. 애 아빠는 어디로 가 버렸단 말이에요."

"미친년. 남편이 없어졌으면 네가 책임져야 할 거 아냐! 네 남편이 고렇게 불쌍하게 생겨 먹어서 우리 사장이 특별 대우해 준 거야. 알기나 알아? 하지만 우린 호락호락하지 않아. 그런 건 안 통해."

엄마는 이리저리 아저씨들의 손에 휘청거리면서도 악을 썼다.

"죽여요! 죽이라고요!"

"죽이라면 못 죽일 줄 알아?"

검은색 양복 아저씨가 윗도리에서 뭔가를 꺼냈다. 이쪽으로 등을 보이고 있었기 때문에 그것이 무엇인지 볼 수가 없었다. 지혁이는 자기만 놔두고 죽겠다고 소리치는 엄마가 무서웠다. 엄마가 다시 한번 죽여! 라고 외치는 순간, 엄마가 몸을 틀자, 양복 아저씨가 이쪽으로 몸을 돌렸다. 번쩍, 무엇인가 빛나는 것이 눈에 들어왔다. 지혁이는 그게 뭔지 한참 멍하니 쳐다보기만 했다. 아무

표정도 없이. 검은색 양복 아저씨의 손에 들려 있었던 것은 은색으로 빛나는 칼이었다. 끝이 뾰족하게 위로 올라간 칼. 양복 아저씨는 눈을 번뜩이며 그 칼을 엄마 얼굴에 바짝 들이댔다.

"헉! 살려주세……요. 제발."

"조용히 해!"

"우리 엄마 살려 주세요…… 죽이지 마요."

형이 아저씨에게 달려들었다.

"저리 안 비켜!"

아저씨는 달려드는 형을 밀어 던졌다. 형은 더 크게 울었다.

"다음 주 월요일에 오겠어. 그때까지 알아서 준비하라고. 알았어?"

지혁이는 바지에 오줌을 지리면서 골목이 올려다 보이는 문 뒤에 숨어서 울었다. 엄마를 살려 달라는 말도 못 하고 소리 없이 울기만 했다. 아저씨들은 한참 욕지거리를 한 후에 갔다. 아저씨들의 욕 속에서 엄마는 개잡년이 되었고 미친년이 되었고 오살할 년이 되었다.

여덟 살이었던 지혁이는 엄마가 정말 개잡년이고, 미친년이고, 오살할 년이면 어쩌나 무서웠다. 지혁이는 한 달 동안 이불 위에 오줌을 지렸다. 그 후로 툭하면 울었다. 이상한 아저씨들에게서 엄마와 형을 구하지 못한 게 전부 자기 잘못인 것 같았다.

게임에서처럼 용감하게 뛰어나가 악당들의 손아귀에서 엄마를 구했어야 했다. 모든 게 자기 탓이었다. 겁쟁이처럼 문 뒤에 숨어서 울기만 했던 자기를 도저히 용서할 수가 없었다.

악몽에 시달렸다. 매일 쫓기는 꿈이었다. 누군가 항상 뒤에서 쫓아왔다. 벌레가 된 지혁이가 문틈에 끼어 숨이 막혀 죽는 꿈, 시커먼 용이 엄마를 납치해 가는 꿈, 절벽에서 엄마의 손을 놓쳐 엄마가 낭떠러지에서 떨어지는 꿈, 불장난으로 엄마가 타 죽는 꿈. 그런 날은 미안해서 엄마를 똑바로 쳐다보지 못했다.

"엄마, 내가 잘못했어."

"뭘?"

"그냥, 다. 나 때문이야. 미안해."

"원, 싱거운 녀석."

불안해서 잠을 잘 수 없었다. 엄마도 아빠처럼 어디론가 사라져 버릴 것만 같았다. 엄마가 쌕쌕 숨소리를 내면 그제야 지혁이는 피곤한 잠 속에 빠져들었다. 그렇게 힘들게 자는 날이면 오줌을 지리거나 경기를 했다. 엄마는 아무 말 없이 이불을 빨거나 가끔 무표정하게 먼 곳을 쳐다보기만 했다. 동굴처럼 깊숙한 곳에 숨어 있는 엄마의 검은 눈동자가 낯설어 지혁이는 멈칫거렸다. 엄마가 자기를 두고 그 동굴 속으로 사라져 버릴 것만 같았다.

지금 생각해도 그 골목은 참 길었다. 기다란 골목길에 얼굴을 내밀고 있던 수많은 문들 중에서 엄마를 구하기 위해 열려진 문은 단 하나도 없었다. 꼭꼭 닫혀 있었다. 아빠한테 맞지 않으려고 숨어 다니던 골목길. 엄마가 죽을까 봐 무서워 떨고 있을 때에도 끝까지 모른 척했던 골목길. 설핏 기우는 어스름만이 길 위를 점령했을 뿐이었다. 오락가락하는 3월의 흰 눈만이 초등학교 1학년이었던 지혁이를 내려다볼 뿐이었다.

"오줌싸개!"

어떻게 알았는지 한동네에 사는 같은 반 아이가 골목 담벼락 빨랫줄에 말리려고 내다 걸어 둔 이불을 보고 놀리기 시작했다.

"오줌싸개! 밤마다 오줌 싸서 말린대요."

울면 안 돼. 그럼 진짜 울보가 되는 거야. 애써 못 들은 척하며 골목길을 걸어 나왔다. 다음 날 학교에 가니 '오줌싸개'라며 아이들이 손가락질을 했다. 지혁이는 이불이 내다 걸린 골목이 싫었다. 모른 척하고 구해 주지 않은 골목길이 무서웠다. 좁은 골목길을 가려면 어지러워지고, 심하면 길이 일그러지고 빙글 돌았다. 그럴 때면 심호흡을 하고 눈을 게슴츠레 뜨고 걸었다.

골목공포증. 듬성듬성 돋아난 기억들 중에 유독 이 기억은 칼날처럼 머릿속에 깊이 박혀 있다.

형은 집에 들어오는 시간이 점점 늦어졌다. 그 뒤로도 사채업자들은 시시때때로 집으로 들이닥쳤고 형은 가끔 그들에게 대들다가 얻어맞기도 했다. 그러다가 형은 중3 때 수학여행에 갔다가 돌아오지 않았다. 사진을 찍다가 산에서 추락했다고 했다. 그날은 형이 사채업자들에게 엄청나게 얻어터진 바로 다음 날이었다. 형이 사라진 건 정말 사고였을까. 지혁이는 아직도 형이 죽은 이유가 사고인지 아닌지 가늠할 수가 없었다.

차가 휴게소에 정차했다.

"10분 정도 정차합니다. 화장실만 다녀오시기 바랍니다. 저희 차량 번호는 6839입니다."

기사가 화장실로 달려가는 게 보였다. 차창으로 보이는 휴게소는 을씨년스러웠다. 오줌이 마려웠지만 참았다. 병기가 차에서 내리는 게 보였다. 병기가 화장실로 들어가는 것을 확인하고 지혁이는 가방을 챙겨 얼른 차에서 내려 다른 쪽 화장실로 달려갔다. 새벽이라 그런지 자동차들도 거의 없었고 결정적으로는 아무거나 집어타고 도망칠 관광버스가 한 대도 없었다. 승용차 뒤에 숨어 6839 버스를 유심히 관찰하고 있었다. 병기는 아직 타기 전이었다. 아마 똥을 싸고 있는 모양이었다. 여기 이렇게 숨어 있다가 새벽에 아무 차나 얻어 타고 가는 수밖에 없었다.

"뭐혀? 탐정 놀이 한당가?"

너무 놀라서 심장이 멎는 줄 알았다. 옆자리 아저씨가 어느 틈에 다가와 물었다.

"네? 그냥요."

"얼릉 타세."

망할 놈의 아저씨가 지혁이 팔을 잡아끌었다.

"아저씨. 저는 다음 차를 타야 해서……."

"이게 막차여.."

아저씨는 지혁이 손을 놓지 않았다.

"아, 아저씨. 진짜 왜 그러세요?"

"왜 그런긴 왜 그려? 차 탔응께 끝까지 잘 타고 가야제."

낭패다. 병기가 화장실에서 나오는 게 보였다. 어쩌자고 이 사람은 옆에서 아까부터…… 정말 되는 게 없다. 제기랄. 지혁이는 아저씨 손에 이끌려 버스에 올라탔다.

"학생! 요금은? 아까 안 냈지?"

"네. 네."

요금을 내고 얼른 자리에 앉아 고개를 처박았다. 조금 있으니 병기도 차에 올라왔다. 이제 광주까지 별일 없이, 무사히, 간 다음에 각자 자기 길을 조용히 가는 수밖에 없게 되었다. 그때까지만 서로 모르고 있으면 된다. 다행이 알바비 받은 것도 있으니 다시 서울로 올라오는 버스를 타면 되니까. 참자.

빵빵하게 틀어 주는 히터 때문인지 눈꺼풀이 자꾸 무거워졌다. 서서히 힘이 빠지고 힘을 주어 감은 눈도 풀어지고 있었다.

학교 수업을 마치고 나오는 중이다.

정문 앞에서 어떤 아저씨 둘이 뒤를 따라붙는다.

골목길에 들어섰을 때 누군가 가방을 낚아챈다.

놀라 뒤를 돌아본다.

아저씨들이 어느새 커다란 곰으로 변해 있다.

곰은 가방을 우적우적 씹어 먹고 있다.

그건 내 책가방이에요. 숙제도 아직 못 했다고요.

선생님한테 혼난단 말이에요.

소리를 지르자 곰이 손을 뻗친다.

지혁이는 몸을 동그랗게 움츠리고 바위 뒤에 숨는다.

곰은 바위를 번쩍 들어 지혁이를 향해 내리치려 한다.

두 눈을 꼭 감고 소리친다.

살려 주세요!

골목에 있는 집들은 문이 없다. 창문도 없다.

외침은 문 없는 집들의 담을 타고 다시 메아리칠 뿐이다.

어느새 절벽처럼 가파른 담들이 지혁이를 향해 점점 조여 온
다.

아빠! 아빠! 제발 살려 줘!

소리치는 순간 몸이 점점 작아지기 시작한다.

작아져서 벌레가 된다.

곰이 바위를 풀숲에 내던진다.

곰은 어느새 아빠의 얼굴로 변해 있다.

커다란 손가락으로 지혁이 몸을 납작하게 누르기 시작한다.

곰이 되어 버린 아빠는 침을 질질 흘리고 있다.

지혁이 갈비뼈를 으스러뜨리기 시작한다.

아빠! 아빠, 나 지혁이야. 죽이지 마! 살려 줘!

지혁이는 곁에 있던 몽둥이를 들어 아빠를 내리친다.

피가 튄다.

헉 헉 헉, 지혁이는 가쁜 숨을 몰아쉬기 시작한다.

버려진 아이

"이봐! 학생! 일나! 도착한 지가 언젠데, 아직 이러고 있어?"

눈을 뜨니 어떤 아주머니가 지혁이를 내려다보고 있었다.

"여기가 어디죠?"

"어디긴 어디여? 광주지. 뭔 놈의 잠을 그렇게 잔당가. 어디 아프당가?"

버스 앞 유리창 위 시계는 3시를 가리키고 있었다.

"지금 세 시잖아요. 아직 광주에 도착할 시간은 아닌데."

"저거? 죽었네그랴."

"네에?"

핸드폰으로 시간을 확인했다. 다섯 시.

"손님들은 아까 내렸어. 언능 일어나소. 청소하게."

그. 런. 데.

이상했다.

가방이 보이지 않았다.

분명히 무릎 위에 올려놓고 잠이 들었는데…… 없다.

순간, 그 남자의 헤헤거리며 웃는 얼굴이 떠올랐다.

중절모에 장갑을 낀 아저씨.

먹기 싫다는데 억지로 김밥을 주던 놈.

자기는 먹지 않고 가방 안에 김밥을 다시 넣었던 그 개자식.

많은 자리 놔두고 굳이 옆자리에 앉아 말을 걸 때부터 알아봤어야 했다. 버스에서 내리는데 다리에서 힘이 풀렸다. 해가 뜨려면 아직 멀었는지 터미널 주위는 어두웠다. 비는 그쳤지만 빗물이 번들거리는 아스팔트에 눈이 시렸다. 한기가 몰려왔다.

"……빌어먹을! 별, 개 같은 놈을 다 봤네."

가방 안에 있던 한 달 치 생활비에, 분신 같은 공책까지 몽땅 날아갔다.

"거지 똥구멍에서 콩나물을 빼먹을 놈……. 그게…… 어떤 돈 인데."

지혁이는 버스 옆에 떨어져 있던 깡통을 냅다 걷어찼다. 통, 통, 통통통통 깡통은 멀리 날아가 땅바닥에 나뒹굴었다. 터미널 안으로 들어가 의자에 앉았다. 다행히 병기는 보이지 않았다. 서울로 올라가는 버스를 타고 갔겠지.

5시 15분. 핸드폰을 만지작거리다가 외삼촌이 퍼뜩 생각나서 외삼촌 번호를 찾았다. 외삼촌은 해남 근처 어딘가에서 어물전을 했다. 연락이 닿으면 좋으련만.

중학교 1학년 때 외삼촌을 보고 한 번도 보지 못했다. 아버지가 사라지기 전에는 가족 모두 외삼촌 댁에 자주 갔었고, 근처 바닷가에도 갔었다. 하지만 아버지가 사라지고 나서는 모든 친척들과 왕래가 끊겼다. 지혁이는 망설이다가 통화 버튼을 눌렀다. 지금은 없는 번호라는 안내 멘트가 흘러나왔다. 여차하면 비빌 언덕이 사라졌다. 낭패였다. 엄마한테 물어볼까. 신호가 울리자마자 엄마가 바로 전화를 받았다.

"그렇잖아도 막 전화하려던 참이다."

"엄마. 어제 형주네 집에서 잤어. 늦어서 주무실까 봐 전화 못 했어요. 여기서 바로 학교 갈 거니까 걱정하지 마."

"남의 집에 폐나 끼치지. 뭐 하러 그 집에 갔어?"

"그럴 일이 있었어요. 오늘도 여기 있다가 바로 알바 갈지도 모르니까 그렇게 알고 있어."

"내일이 네 생일인데……."

"참, 외삼촌 번호 좀 알려 줘."

"외삼촌? 왜?"

"그냥."

"글쎄, 연락 안 한 지 오래돼서……. 핸드폰 번호 안 바꿨는지 모르겠네. 내일은 일찍 와라. 미역국이라도 먹게."

"알았어요."

엄마가 알려 준 번호는 조금 전에 눌렀던 번호랑 같은 숫자였다. 제기랄.

생일. 더 외로운 날이 생일이었다. 명절이나 생일에 엄마와 달랑 단둘이 먹는 떡국이나 미역국은 목구멍으로 넘어가지 못하고 입안에서 맴돌기 일쑤였다. 그런 날도 24시 편의점은 쉬지 않았다.

핸드폰 배터리도 이제 두 칸밖에 남지 않았다. 터미널 안은 첫차를 타러 나온 사람들로 서서히 채워져 갔다. 지혁이는 초조했다. 빈털터리에 돈 한 푼 없었다. 돈도 공책도 학생증도 아무것도 없었다. 증명해 줄 것이 아무것도 없으니 지혁이는 이미 아무것도 아니었다. 지금 같아서는 오도 가도 못 하는 딱, 노숙자 신세.

지혁이는 형주에게 전화를 했다. 열 번이 울렸는데도 응답이 없었다. 상행선 시간표를 훑어봤다. 젠장, 여기까지 와서 이게 뭐람? 그때 어떤 할아버지가 다가왔다. 기품이 있어 보였다.

"아이고, 학생."

서울말을 쓰는 할아버지였다.

"내가 말이야, 서울서 막 떨어졌는데, 마중 나오기로 한 사람이 안 나왔네. 수중에 지갑이 없고 이거 큰일이네. 버스비, 삼천육백 원이면 되는데 좀 꿔 줄라우?"

할아버지는 온화한 얼굴에 난처한 표정을 지었다.

"할아버지, 저도 조금 전에 서울에서 왔는데, 가방을 소매치기 당했어요. 도와드리고 싶은데 가진 게 아무것도 없어서요."

"뭐야? 고거 맹랑하게 생겨 먹어서. 늙은이가 삼만 원도 아니고 삼천 원 빌려 달라는데 오리발이야? 아침부터 재수 옴 붙었네. 여기는 내 구역이야. 저리 꺼져!"

노신사는 손으로 양복 윗도리를 툭툭 털어 내면서 가 버렸다. 헐, 기가 막혀. 노신사는 저만치 가서 이번에는 어떤 여자에게 도움을 청했다. 그 여자는 지갑에서 만 원짜리를 꺼내 노신사에게 건넸다. 그리고 얼마쯤 지나 학생으로 보이는 남자에게 갔고 그 남자도 노신사에게 오천 원짜리 지폐를 건넸다.

저런, 사기꾼 같은⋯⋯. 지혁이는 아침 첫 영업에 걸려들지 않은 고약한 놈이었던 거다. 먹고 사는 방법도 가지가지다. 이제 사장 아주머니에게 전화를 걸 시간이다.

"저 죄송한데요. 주말에 갑자기 일이 생겨서요. 어쩌죠? 가게 못 볼 것 같은데. 죄송해요."

"왜? 무슨 일 있어? 아파? 아프면 안 되지. 어제도 얼굴이 수척해 보이던데."

"아니에요. 갑자기 시골에 볼 일이……. 월요일 저녁 타임은 꼭 올라갈 거예요."

"그래, 그래. 오늘 내일은 아저씨가 가게 보면 돼. 조심하고…… 잘 다녀와."

"참, 저 담뱃값 드려야 되는데,"

"담배는 피지 마라. 건강에 안 좋아."

"죄송해요."

하마터면 마음 따뜻한 사장 아주머니에게 모든 걸 다 털어놓을 뻔했다.

낯선 곳에서 헤매고 있다고.

춥다고.

가진 건 아무것도 없다고.

원래 내 인생이 이랬다고.

꼬이고 꼬여서 풀 수 없이 엉켜 있다고.

꺽꺽 목 놓아 울 뻔했다.

눈을 끔뻑거리고 있는데 한 아이가 눈에 들어왔다. 의자에 오도카니 앉아 있는 아이였다. 새벽에 혼자 터미널에 앉아 있는 아이. 홀린 듯 과자 봉지에서 과자를 열심히 꺼내 먹고 있는 아이.

……버려진 아이가 분명해. 아버지도 공항에서 지혁이에게 과자를 주고 떠났었다. 누가 저 아이를 버리고 갔을까? 지혁이는 정신없이 과자를 먹고 있는 아이에게로 다가갔다.

"꼬마야, 엄마 어디 갔어? 왜 혼자 있니?"

"네?"

아이는 눈을 동그랗게 뜨고 지혁이를 이상한 눈빛으로 쳐다보았다. 그때 뒤에서 구두 소리가 요란하게 들리는가 싶더니 어떤 남자가 나타났다.

"모르는 사람하고 말하면 안 된다고 했지?"

남자는 지혁이를 유괴범 보듯 노려보고는 아이 손을 낚아채서 승강장 입구로 사라졌다.

"젠장, 아저씨, 난 아니라고요. 유괴범."

어이없네. 지혁이는 한동안 멍하니 앉아 사람들을 봤다. 책방 문을 여는 아저씨가 보였고, 엄마처럼 24시 분식점으로 2교대를 하러 들어가는 아주머니가 보였고, 쓰레기통을 뒤집어서 쓰레기를 비우고 있는 나이든 미화원이 보였고, 그리고 수많은 사람들이 바쁜 아침을 시작하는 게 보였다.

하지만 부질없어 보였다. 한순간 모든 것은 다 사라질 수 있다.

순식간에 아버지가 사라졌고, 그렇게 믿고 따랐던 형도 한 순간에 사라졌다. 남은 건 엄마와 지혁이뿐이었다. 아무것도 할 수 없는 오줌싸개 코찔찔이었던 지혁이.

"형도 마찬가지야. 다 똑같아! 용서할 수 없다고."

광장처럼 넓은 터미널 역에 지혁이의 목소리가 낮게 울렸다. 옆자리는 언제나 그랬던 것처럼 텅 비어 있었다.

"껌까지 없으니…… 환장하겠네."

답답하고 허전한 마음을 달랠 길이 없었다. 책방 앞에 배달된 신문 일면이 보였다.

고등학생이 연루된 살인 미수 사건

50원어치 냄새

사건이 일어난 지역은 지혁이 동네였다.

"아저씨, 정말 죄송한데요. 신문 좀 잠깐 볼 수 없을까요?"

"개시부터 이게 뭐여? 퉤! 재수 없게. 저리 가!"

아저씨는 마치 똥이라도 보듯 인상을 찡그리며 지혁이를 밀어
냈다. 혹시, 저 고딩이 나? 내가 찌른 놈이 죽었나? 아님 병기?
경찰 사이렌 소리를 듣고 병기란 놈이 도망치듯 버스에 탔었다.
어디선가 병기가 튀어나올 것만 같았다. 매표소 근처 구석진 자
리로 옮겨 앉았다. 슬슬 배 속에서는 신호를 보내오기 시작했다.

꾸르륵.

위가 텅 비어서 뭔가를 간절히 바라는 왕그지님의 호출 소리.

어떤 남자가 이쪽으로 걸어왔다. 말을 해 봐야겠어. 아까 그 할아버지는 사기꾼이었지만, 나는 진짜다. 진짜 황당한 내 얘기를 들으면 도와줄 거야. 지혁이는 심호흡을 크게 한번 했다.

"저…… 죄송한데요. 차 안에서 가방을…… 소매치기 당해서 그러는데요."

"뭐야? 아침부터."

남자는 한 발짝 떨어져서 뒷걸음질 쳤다. 마치 전염병 환자라도 보듯 인상을 찌푸렸다.

'기분 열나 더럽네. 나는 거짓말이 아니다. 진짜다. 진짜란 말이다.'

하지만 진짜가 통하는 시대가 아니었다. 지혁이의 고개가 수그러졌다. 어깨가 말렸다. 이번에는 어떤 젊은 여자가 매표소 앞으로 왔다. 용기가 나지 않았다. 허리는 더 구부러졌다. 똑, 눈물이 낡은 운동화에 떨어졌다. 생각지도 못한 일이었다. 지혁이는 엄마 잃은 아이처럼 그저 힘없는 고딩일 뿐이었다. 애당초 진짜가 통하는 길은 없는지도 몰랐다. 터미널 안에 있는 커다란 벽시계를 보았다. 5시 40분.

꾸르륵.

그지님께서 또 신호를 보낸다. 아저씨가 준 김밥 두 개를 빼면 꼬박 하루 반나절을 굶었다. 입에서 단내가 올라왔다. 허기가 지니 허리는 더 구부러졌다. 멀미를 하는 것처럼 어지러웠다. 목울대가 울렁대고 구역질이 올라왔다. 식당 앞으로 갔다. 음식 냄새 때문에 입안에 침이 확 번졌다. 설렁탕 냄새가 코를 뚫고 들어와 배 속을 긁어 댔다. 지혁이는 5초 후에 식당 안으로 들어가기로 마음먹었다.

5, 4, 3, 2, 1. 지혁이는 불에 덴 듯 벌떡 일어나 문 앞으로 튀어나갔다. 식당 문을 여는데 아주머니가 눈치 없게도 큰 소리로 외쳤다.

"어서 오세요, 손님."

꾸르륵. 발걸음을 멈추고 입구에 서 버렸다.

"참…… 화장실에 뭘 놓고 왔어요."

다시 문을 밀고 밖으로 나왔다. 냅다 화장실로 뛰었다. 문을 잠그고 변기 위에 앉아 숨을 돌렸다. 얼굴이 확확, 달아올랐다.

어쩌자고 덥석 김밥을 먹었을까.

어쩌자고 덥석 심야버스를 잡아탔을까.

어쩌자고 칼을 휘둘렀을까.

어쩌자고 담배를 피웠을까.

어쩌자고 아버지는 한국에 온다고 했을까.

흙을 머리에 뒤집어쓴 것처럼 답답했다. 마른 얼굴을 한번 쓸었다. 안주머니에 넣어 두었던 버터플라이를 한번 만져 보았다.

세면대로 나와 수도꼭지를 틀었다. 입술을 수도꼭지에 가져다 댔다. 벌컥벌컥 물을 마셨다. 물로 배를 채우니 그래도 꾸르륵 소리는 더 이상 들리지 않았다. 입가에 묻은 물을 소매로 닦고 거울을 들여다보았다.

깡마른 얼굴에 퀭한 눈. 허옇게 갈라 터진 입술. 눈 밑에 깊게 패인 다크써클. 후줄근한 잠바. 딱 며칠 굶은 노숙자다.

씨발, 개새끼……. 하고많은 것 중에 내 걸 가져가? 지혁이는 다시 식당 앞으로 갔다. 크게 심호흡을 했다. 손잡이를 잡고 눈을 감았다. 문을 열어 젖히고 나서 눈을 떴다. 뚜벅뚜벅 걸어가, 일하는 아주머니 앞으로 다가가서 말했다.

"여기서 일 좀 거들어 드리면 안 될까요? 저어…… 아침만 해결할 수 있도록 해 주시면 열심히……."

첫 문장은 힘차게, 그다음 문장은 무겁게, 마지막 문장은 애처롭게.

"어쩌지?"

일하는 아주머니가 난감한 표정을 지었다.

"조금 있으면 알바 올 시간인데."

얼굴이 붉게 물들었다. 개쪽 다 털리는 날이다. 비참했다. 밥을 먹던 손님들이 일제히 지혁이를 쳐다보았다.

"여기 계산이요."

남자가 일어나더니 카운터로 왔다.

"네, 네. 손님. 맛있게 드셨어요?"

슬금슬금 식당에서 꽁무니를 접고 비틀거리며 나왔다. 그때였다. 전화가 왔다. 모르는 번호.

"여보세요?"

"나다."

작은아버지였다.

'언제부터 자기가 나한테 '나다'래?'

"형님, 화요일 비행기. 잊지 않았지?"

형님과 화요일 비행기 사이에 수많은 말들을 다 잘라먹는 자기 중심적인 작은아버지.

"글쎄요."

"뭐라고? 글쎄? 너 아들 맞냐? 너희 아버지 때문에 내가 속 터지겠다. 나한테 차비를 보태란다. 차비가 뉘집 애 이름이야? 내가 아버지냐? 아니면 아들이냐? 네가 아들이지. 너 그날 안 나오면 알아서 해! 아이구, 미치겠네."

"미치시든가요. 그리고 저 그날 못 나가요. 알바해요."

"이놈이 터진 입이라고 아무 말이나 해?"

"그래요. 저 터졌어요. 제가 터지는데 작은아버지가 뭐, 보탠 거 있어요? 입만 터진 게 아니라 배 속도 터져서 뒈져 버릴 것 같고요. 배가 고파서 눈 돌아가 뒈질 것 같고요. 가방도 터져서 어디 있는지 모르겠고요. 식당도 터져서 밥도 못 먹을 것 같아요. 여기가 어딘지도 모르겠단 말이에요. 화~악 지구가 통째로 터져 버렸으면 좋겠어요. 그럼 아버지도 못 오실 거 아니에요. 아버지는 손이 없대요? 왜 직접 전화 못했대요? 11년 동안 단 한 번도……. 어쩌면 그게 좋긴 했어요. 더 이상 골목으로 도망 다니지 않아도 됐으니까요. 엄마가 아빠한테 머리채 잡히며 맞지 않아도 됐으니까요. 그런데 빚은 왜 왕창 우리한테 떠넘기고 도망갔대요? 우리가 어떻게 견딘 줄이나 아세요? 나는요, 아버지 얼굴도 잘 몰라요. 다 보기 싫다고요! 아버지 얼굴도 모르니 오지 말라고 하세요!"

뚜우— 전화는 이미 끊겨 있었다.

"……보고 싶지 않단 말이에요."

지혁이는 의자에 풀썩 앉았다. 미친 듯이 할 말을 하고 나니 마지막 남았던 기운마저 다 빠져나갔다. 눈앞이 흐릿해졌다. 허기가 져서 멍했다. 모래를 한 움큼 집어먹은 것처럼 입안이 꺼끌거렸다. 비루먹은 강아지처럼 입술이 말라 허옇게 일어났다.

그놈이 내 가방을 가지고 간 게 틀림없어. 그 거지발싸개가. 간신히 서 있는데 어디선가 막 구운 향긋한 빵 냄새가 솔솔 풍겨 왔다. 손가락으로 누르면 쏘옥 들어갔다가 부드럽게 탱그르르 다시 부풀어 오를 것 같은 빵의 따뜻한 냄새. 눈을 감으니 빵들이 눈앞으로 쏜살같이 달려왔다.

'신기루야.'

빵 냄새가 곧 사라질 것만 같아 흐읍, 콧구멍을 벌름거리며 깊게 들이마셨다. 다리에 힘이 쫘악, 풀렸다. 지혁이는 냄새가 나는 곳을 향하여 비척거리며 걸어갔다. 눈을 떠 보니 어느새 김이 모락모락 나는 빵 가게 앞에 서 있었다. 오븐에서 막 꺼낸 빵에서 피어오르는 달짝지근하고 따끈한 향기. 콧속을 들쑤셔 댔다. 한 올이라도 놓칠세라 마구 들이마셨다.

꾸르륵, 꾸륵, 꾸꾸르륵, 그지님이 구수한 향기에 발광을 해 대느라 난리다. 빵들은 신기루가 아니었다. 손으로 만질 수도 있고, 냄새도 나고, 먹을 수도 있는 진짜 빵이었다. 지혁이는 비틀거리며 그 앞에 가서 섰다. 입술 사이로 침이 주르륵 흘러, 바닥에 떨어졌다. 힘없이 깜빡거리는 퀭한 눈이 빵에 박혀 움직일 줄을 몰랐다.

"빵 줄까?"

"얼마예요?"

꾸르르륵~ 배 속에서는 그지님께서 빵을 빨리 투척하라고 성화다.

"삼천 원."

아주머니는 빵을 봉지에 담았다. 지혁이는 주머니를 뒤졌다. 50원. 탈탈 뒤져도 먼지밖에 나오지 않았다. 빵 봉지를 낚아채서 줄행랑을 칠까. 지혁이는 한입 베어 물고 싶은 강렬한 유혹에 몸이 떨려 왔다.

"저어…… 오십 원어치 냄새만 맡고 갈게요."

지혁이는 아주머니 손에 50원을 쥐어 주었다. 아주머니는 영문을 모르겠다는 얼굴로 지혁이를 보았다. 지혁이는 다시 한번 코 평수를 있는 힘껏 크게 늘려 최대한 빵 가까이 코를 갖다 댔다. 빵 냄새를 콧구멍이 찢어지도록 흠뻑 마셨다. 막무가내로 침이 또 고였다. 지혁이는 아무 말 없이 자리를 피했다.

"빵 달라고 하더니 그냥 가? 요즘 애들은 버르장머리가 없다니까."

빈정대는 아주머니의 말이 등 뒤에 꽂혔다. 지혁이는 가던 걸음을 멈추었다. 얼굴이 일그러졌다. 지혁이는 눈에 힘을 주고 뒤돌아서 빵집 앞으로 다시 갔다.

"아줌마! 제가 빵 달라고 한 적 없죠? 50원 드렸잖아요. 냄새 맡은 값이라고요. 왜 제가 버르장머리가 없냐고요, 네에? 말 함부로 하지 마시라고요!"

지혁이는 그 자리를 유유히 떠났다. 50원어치의 냄새는 5초도 지나지 않아 사라졌다. 눈을 떴다. 그런데 이게 웬일? 유유히 자리를 떴다고 생각했는데 웬 빵이 손에 들려 있는 게 아닌가.

"학생! 빵 값 내고 가야지!"

생각할 틈이 없었다. 무조건 빵을 들고 튀는 수밖에.

"야, 이놈아! 내 빵 내놔!"

아주머니는 지혁이를 쫓아 달려오다가 포기하고 돌아갔다. 지혁이는 빵을 손에 들고 터미널 안을 돌고 돌아 인적이 뜸한 마지막 화장실 안으로 쏜살같이 들어갔다. 문을 잠그고 빵을 입에 처넣기 시작했다. 손으로 뜯을 시간도 없었다. 마구마구 집어넣었다. 켁! 목이 메었다. 목구멍에 빵이 꽉 막혀 숨을 못 쉴 지경이 되었다. 우웩, 목구멍에 박힌 빵을 변기에 뱉었다.

지혁이는 문을 열고 나와 수도꼭지에 입을 갖다 대고 벌컥벌컥 물을 마셨다. 휴우, 드디어 이제 숨이 쉬어졌다. 허겁지겁 물을 들이키다가 남은 빵을 화장실 바닥에 떨어뜨려 버렸다. 아까워서 눈물이 날 지경이었다. 이게 뭔 조화람? 내가 빵까지 훔치고 여기서 왜 이러고 있을까? 지혁이는 갑자기 눈이 뜨거워졌다. 누가 버린 건진 모르겠지만 멀쩡하게 생긴 야구 모자가 쓰레기통 안에 있었다. 푹 눌러쓰고 화장실을 나왔다.

나의 슬픔을 지고 가는 사람

신호가 세 번 울리고 나서 형주의 잠긴 목소리가 들려왔다.

"야, 새벽부터 웬 전화질?"

"담임이 혹시 물어보면 나 아프다고 말해 줘라."

"진짜 아프냐?"

형주는 별일 아니라는 듯 물었다.

"미치겠다."

"나도 그래. 10분은 더 취침할 수 있는 가능성이 지금 날아갔 거든. 너 때매."

"장난 아냐."

"나도 그래. 여섯 시도 안 됐는데 뭔 일?"

"형주야, 여기 광주야."

"뭐? 뭐라고? 광주? 경기도? 전라도? 어떤 광주?"

형주는 화들짝 놀라 다그치듯 물었다. 안 봐도 형주는 침대에서 벌떡 일어났을 거다.

"전라도."

"거긴 어떻게 간 거야? 혼자 갔어? 왜 갔어? 지금 이 시간에?"

몇 가지 질문을 한꺼번에 쏘아 대는 형주의 걱정 어린 소리를 들으니 지혁이는 살 것 같았다.

"문제가 생겼다. 가방을 소매치기 당했어. 땡전 한 푼 없으시다."

"큭큭큭. 자다가 가방 납치당했군."

"형주야, 나 카드도 없고 완전 개털이거든. 어쩌냐?"

"인마, 거긴 왜 갔냐구."

"말 하려면 길고. 나중에 얘기해 줄게."

"어이구, 이 화상. 기다려! 이 형님이 출동할 테니. 근데 왜 간 거야? 그 먼 데를. 어제 똥 씹은 얼굴이더니 뭔 일이야?"

"나중에 말해 준다니까."

"너, 정확히 광주 어디야?"

형주는 비장한 목소리로 물었다.

"광주 고속버스 터미널."

"오우케이! 내가 간다. 기둘려라."

톡. 전화가 끊겼다. 죽다가 갑자기 다시 살아난 것만 같았다. 참 간사하다, 사람 마음. 이런 녀석을 친구로 두다니. 갑자기 콜라를 들이켰을 때처럼 코끝이 싸하게 올라왔다.

혁아, 너 요즘 세상 무서운 거 알지?

아무나 믿고 따라가지 마라~ㅋ

진짜 양파 까는 데로 끌려가서 갇히는 수가 있어.

그리고 이 형님이 네 문제 해결을 위해

곧 출동하실 거니까

딴 데 한 눈 팔지 말고~ㅋ

형주는 지혁이의 친구다.

'나의 슬픔을 지고 가는 사람'

어느 책에선가 친구를 그렇게 말했다. 지혁이가 지고 가는 슬픔 중 100%는 아닐지라도 형주는 지혁이를 가장 많이 아는 사람이다. 망망대해를 떠돌다 발견한 섬처럼 고마웠다.

형주는 몇 집 건너 아랫집에 살았다. 같은 학교였고 같은 동네에서 살았지만 둘은 거의 마주칠 일이 없는 사이였다. 형주는 학원을 뺑뺑이 도느라 집에 없었고, 지혁이는 알바를 뺑뺑이 도느라 집에 없었다. 중학교 2학년 때 같은 반이었지만 얼굴과 이름만 아는 사이였다.

중학교 3학년 겨울. 전봇대에 걸린 외등의 꽉 찬 빛을 받으며 눈이 포슬포슬 내리던 날이었다. 중학교 3학년 기말고사가 끝났으니 이제 어떻게 해야 할까, 잠들지 못하고 있을 때였다. 11시가 넘었는데 무슨 소리가 들렸다. 잘못 들었나. 그런데 아주 작은 소리가 또 들려왔다. 눈이 내리는 소리인가, 몸을 한번 뒤쳤을 때였다.

"정지혁, 정지혁."

지혁이는 주섬주섬 옷을 걸치고 문을 열었다. 문을 열자마자 형주가 지혁이에게 쏟아져 들어왔다.

"살려 줘."

"뭐?"

지혁이가 형주에게 한 첫말이었다.

"쫓아와."

형주가 다급하게 말했다. 벌벌 떨며 헉헉댔다.

"뭐가?"

"아빠가 나 죽이러 쫓아온다고!"

형주는 헐떡거리며 말했다. 추위 때문만은 아닌 것 같았다. 살려 줘야만 했다.

"들어와."

지혁이는 얼른 문을 잠그고 형주를 방으로 들였다. 방에 들어와 불을 켜 보니 형주 얼굴이 찐빵처럼 부어 있었다. 오른쪽 뺨에는 벌건 손자국이 남아 있었다. 턱 쪽은 거무죽죽했다. 맞은 자국이었다. 형주는 지혁이의 낡은 이불 위로 쓰러지듯 누웠다. 한동안 말이 없었다. 지혁이도 아무 말 없이 형주 옆에 누웠다. 형주가 먼저 말을 할 때까지 기다렸다. 반지하 창밖에서 조용히 땅 위로 떨어지는 눈만 멍하니 보고 있었다.

형주는 매일 학원 종합반에서 살았다. 형주는 학교가 끝나자마자 학원으로 직행했고 밤 11시가 넘어야 집으로 돌아오는 아이였다. 그저 같은 동네에 사는 같은 학교 아이였다. 그런데 그런 형주가 11시를 넘긴 야밤에 지혁이네 집 문을 두드리고 옆에 누워 있는 것이다.

집은 어떻게 알았지?

얼마나 지났을까. 형주는 조금씩 흐느끼기 시작했다. 처음에는 작게 흐느끼더니 점점 소리가 커져 갔다. 지혁이가 옆에 있다는 것도 잊어버린 듯 꺽꺽댔다. 한참 동안 형주는 제 분에 겨워, 제 서러움에 겨워 흑흑댔다. 그러다가 차츰 울음소리가 잦아들었다. 눈물과 콧물을 손으로 훔치는 형주를 위해 지혁이는 일어나 휴지를 건네주었다. 형주는 누운 채로 휴지를 받아 얼굴에 범벅이 된 눈물과 콧물을 닦았다.

"……고마워."

"뭘."

지혁이는 팔베개를 하고 누웠다. 천장에서 형광등이 한 번 깜빡, 했다. 촉이 다 되어 가는 모양이었다. 형주는 벽 쪽으로 돌아누웠다.

"아버지는 나를 인간으로 생각 안 해."

형주가 벽에 대고 말했다. 지혁이는 벽에 대고 한 말에 대꾸를 해야 할까 말까, 무슨 말을 해 줘야 할까, 망설였다.

"자기 말대로 기계가 움직이지 않으면 조이고 붙이고 다시 해체시켜. 오늘도 아빠한테 해체당한 날이야. 우리 아버지는 나를 해체하기 전에 항상 똑같은 말을 해. 귀에 못이 박히게 하는 말이야. 어떻게 하려고 그래? 엉? 밥 벌어먹고 살기가 얼마나 힘든 줄 알기나 해? 빌빌대다가 경쟁에서 처지고 알바인생 되면 끝이야, 끝! 그렇게 소리 지르는 것부터 시작해. 그러다가 자기 분에 못 이기면 나를 이 모양으로 만들어."

형주는 울음 끝이라 코맹맹이가 된 목소리로 말했다. 여전히 얼굴은 벽을 보고 있었다. 지혁이는 뭐라고도 대꾸하지 못했다. 밥 벌어먹고 살기가 얼마나 힘든지 너무나 잘 알고 있는 중딩이었기 때문이다.

"요즘 애들을 이해할 수 없대. 우리가 자기 세대, 이해 못 하는 거는 생각 못 하지."

"어른들이라는 게 딱딱하잖아, 머리가……."

"그렇지? 너무 딱딱해. 다 아는 것처럼 말하지만 자기들이 우리를 알기는 뭘 알아?"

형주는 벽을 보고 있던 얼굴을 돌려 지혁이를 보았다. 실컷 울어서 그런지 부은 얼굴에 작은 눈까지 팅팅 불어 터진 것처럼 보였다. 지혁이는 자기도 모르게 형주의 얼굴을 보고 풋, 하고 웃어 버렸다.

"왜 웃어? 너도 내가 그렇게 우습냐?"

"야, 삐지지 마라. 네 얘기 듣고 웃은 게 아니니까. 네 얼굴이 완전 찐빵이다. 내일 학교 어떻게 갈래?"

형주는 그제야 빙긋 웃었다.

"야, 나는 매일 알바 하느라 힘들어. 너처럼 학원에서 공부하는 거 부럽거든."

"왜? 사고 싶은 게 그렇게 비싼 거냐? 다른 애들은 엄마한테 돈 조금 달라고 하고 알바해서 금방 채우던데. 네가 갖고 싶은 게 엄청 비싼 거야? 게임기?"

"아니."

"그럼?"

"내가 벌어야 하니까."

"왜?"

"엄마 도와야 해. 난 아버지 없어."

"돌아가셨구나."

"아니."

"그럼?"

형주는 이제 궁금해진 얼굴을 하고 앞으로 다가왔다.

"여기 같이 안 살아."

"이혼했구나."

"아니."

형주는 호기심이 생기는 눈빛이 되었고, 지혁이는 슬픈 눈빛이 되었다.

"멀리 있어. 그래서 엄마를 도와 알바를 해야 해. 그래야 먹고 살 수 있어."

"공부하러 학원 안 가니 좋을 것 같긴 한데, 좋은 건지 어떤 건지는 모르겠다."

"그런데 우리 집은 어떻게 알았냐?"

"전에 우리 집에 네가 전단지 붙이고 가는 걸 봤거든. 뭐 하는 건가, 궁금해서 따라왔는데 네가 여기로 들어가더라고."

지혁이는 형주를 패는 형주 아버지라는 사람이 밉긴 했지만,

묘하게도 형주가 부러웠다. 어찌 되었든 형주라는 아들을 위해 밥을 벌어 먹이고, 공부를 시키기 위해 힘들게 일을 하는 가장인 아버지가 있으니까.

그날부터 형주는 학원이 끝나고 집에 돌아와 엄마와 아버지가 잠이 들면, 몰래 지혁이 방으로 스며들었다. 둘은 그해 중학교 3학년 겨울 방학의 밤들을 거의 함께 보냈다. 형주는 엄마가 싸 준 저녁 간식을 지혁이와 함께 나누어 먹었고, 지혁이는 알바로 받은 돈 중에서 가끔 빵이나 과자를 사서 푸짐하게 벌여 놓았다.

과자 가루와 간식으로 싸 온 음식 찌꺼기들이 쌓여 갈수록 둘은 더욱 가까워졌다. 만화책을 함께 빌려다 보기도 했고, 가끔은 이마에 주름을 만들며 사춘기의 오만함을 충족시켜 줄 세계문학 전집을 함께 읽기도 했다. 형주는 지혁이 아버지가 어디에 있는지, 왜 가족들과 떨어져 있게 되었는지 자연스레 알게 되었고, 지혁이는 형주의 아버지가 왜 그토록 공부에 집착하게 되었는지, 날마다 형주를 왜 그렇게 들들 볶아 대는지, 형주 아버지의 어린 시절 불우했던 성장 과정도 알게 되었다.

둘은 그렇게 서로의 슬픔을 알아 가며 겨울 방학을 보냈다. 많이 행복했다. 자기의 슬픔을 조금씩 덜어 줄 친구가 생겼기 때문이다. 지혁이에게 형주는 첫 번째 친구였다. 형주에게도 지혁이가 첫 번째 친구였다.

겨울이 지나고 둘은 고등학생이 되었다. 하지만 형주는 새로 생긴 아파트촌으로 이사를 갔다. 둘은 밤마다 벌이던 축제를 계속할 수 없었다. 많이 허전했다. 그나마 같은 학교가 되어 헤어지는 일은 없었다. 그런 형주가 온다고 하니 지혁이는 미안하기도 했지만 행복했다.

'나의 슬픔을 지고 가는 사람', 친구가 온다고 하니까.

외나무다리

'형주한테도 빵을 슬쩍했다는 말은 하지 말아야겠어.'

화장실을 나와 돌아서는 순간이었다. 지혁이 눈앞에 여태까지 걱정하던 물건이 딱, 걸어오고 있었다. 가방을 찾느라 깜빡하고 경계를 늦추고 있었던 놈. 배 속에 있는 왕그지님의 성화에 못 이겨 먹을 걸 해결하느라 깜빡 잊고 있었던 놈. 이를 드러내고 지혁이를 보며 달려들 듯 쏘아보고 있는 재수때가리 화상. 드디어 올 것이 오고 있었다. 거만하게 네모진 턱, 벌렁거리는 콧구멍, 째진 눈을 가지고 있는 똘마니, 병기.

"야호~ 이것 봐라. 이 씹새끼를 여기서 만나네. 원수는 외나무다리에서 만난다더니. 좋아서 눈깔이 튀어나올라고 그러네."

병기가 빙글빙글 웃더니 손가락 마디를 우두둑, 꺾으며 걸어왔
다.

"어이~ 잠자지! 칼 휘두르고 내빼더니 여기 광주까지 토끼셨
냐?"

"나한테 먼저 칼 들이댄 건 너야."

겉으로는 멋지게 받아치는 척했지만 어디로 튀어야 할지 눈은
바빴다. 지혁이는 벌벌 떨리는 다리를 안 보이려고 애쓰며 조금
씩 뒷걸음질을 쳤다.

"캬, 천하의 샌님 잠자지가 칼을 품고 다니다니. 누가 생각이
나 했겠냐? 이거 안 보이냐? 칼날에 스친 내 소중한 귓바퀴. 네
가 휘두른 칼에 내 귓바퀴가 쓸려서 이 모양이 되셨다. 이미지 완
전 구리게 말이지."

대일밴드가 병기 녀석 귀에 덜렁거리며 붙어 있었다.

"칼은 너만 갖고 다니는 건 줄 알아?"

귓바퀴만 저렇게 되었으니 다행이었다.

"야, 새꺄. 살짝만 비껴갔으면 귀가 아니라 목이 날아갈 뻔했
어. 목에 뭘 두르고 있어서 운이 좋아 살았네. 너, 그런 거 갖고
다니면 불법소지죄로 감방 가는 건 몰랐지."

"뭐?"

불법소지죄라니. 처음 듣는 말이었다.

"새끼, 쫄았네."

"쫄긴…… 왜 쫄아? 그딴 거…… 다 알고 있거든."

지혁이는 튈 방향을 생각하느라 더듬거렸다. 왼쪽으로 갈까? 아니야, 오른쪽. 지혁이는 말을 마치자마자 온 힘을 다해 뛰었다.

"어라, 저 새끼 봐라."

병기의 화난 목소리가 뒤를 따라붙었다. 편의점을 끼고 돌았다. 제기랄, 막다른 길이었다.

"이 존나 드러운 미꾸라지 같은 새끼."

병기는 침을 탁 뱉었다. 지혁이는 뒷걸음을 치며 병기를 노려보았다.

"내 귀를 이렇게 만든 죗값은 받아야지."

병기는 이를 드러내고 씨익, 웃었다. 마침 병기 뒤에서 떡대 좋은 남자 어른들이 시끄럽게 떠들며 오고 있었다. 병기가 뒤를 보더니 아쉬운 표정을 지으며 침을 찌익, 갈겼다.

"사람들 있으니 나중에 조용한 데 가서 붙자~아! 너, 오늘 운 튼 줄 알어라."

"새꺄, 너도 마찬가지거든."

"학교에서 보던 잠자지는 어디 가고, 우와, 무섭네."

가까이 다가온 병기는 아저씨들이 다가오자 자연스럽게 지혁이 어깨에 무거운 팔을 내리누르며 눈을 번뜩였다.

"아침밥이나 먹으러 가자. 이 형님이 배가 존나 고프다. 맛난 거 좀 사라. 이 형님이 개털이시다."

"나도 개털이야. 가방 소매치기 당해서."

"뭐? 이게 어서 구라를."

"진짜거든. 봐라."

병기는 지혁이 주머니를 더듬거리며 지갑을 찾았다. 아무것도 없었다. 지갑도 돈도 가방도.

"이 자식, 진짜네. 아으, 배고픈데."

"나도 마찬가지다."

얼떨결에 엉거주춤 의자에 앉았다. 곰탕집이 눈앞에 보였다. 김이 모락모락 나는 곰탕을 먹고 있는 사람들이 유리창으로 보였다. 꾸르륵, 배에서 왕그지가 또 신호를 보낸다. 아까 몇 입 뜯어 먹다 목구멍이 막혀서 뱉어 버린 빵 맛이 입맛만 버려 놓았다. 시간은 오전 7시 45분.

"내가 어제 중요한 일 처리하느라 밥을 쫄쫄 굶었거덩. 너, 삥 이라도 뜯어서 형님 배 속을 채워 줘야겠어."

"삥?"

"그래. 저기 덜 떨어진 애 보이지? 쟤한테 돈 좀 꾸자."

병기는 지혁이 손목을 잡아끌었다.

"어이, 오랜만이야."

"저요?"

중학생쯤 되어 보이는 남학생이었다.

"그래 너, 너 조용히 말할 때 잠깐 따라와 봐."

병기는 목소리를 낮추었다. 남학생은 눈을 동그랗게 뜨고 어쩔 줄을 몰라 했다. 주위에는 아무도 없었다. 병기는 지혁이 손목을 잡고 다른 손으로는 그 학생 어깨를 감싸더니 막다른 쪽으로 데려갔다. 학생은 손을 벌벌 떨면서 오백 원짜리 동전을 주머니에서 꺼냈다.

"야, 인마! 이 형님들 식사비로는 적어도 너무 적지. 아이구, 이걸 어쩌지? 확 죽일 수도 없고. 잠깐 꿔 달라는데 빨랑 안 내놔? 이걸 그냥. 새꺄, 뒤져서 돈 나오면 백 원에 한 대씩."

병기가 남학생 머리를 한 대 툭 치더니 지혁이한테 눈짓을 했다. 뒤지라고. 병기가 하라는 대로 했다. 배가 너무 고팠다. 돈이 생기면 배고픔을 해결할 수 있겠지. 학생한테는 미안했다. 지혁이는 마지못해 학생 지갑이랑 안주머니를 탈탈 털었다. 먼지만 나왔다.

"그게 정말 다예요. 버스표 끊고 남은 돈이요."

"재수없네. 그래, 그래. 가 봐라. 조용히 입은 다물고."

학생은 잔뜩 기가 죽어서 승강장 쪽으로 달려갔다.

"참네, 천하의 병기님께서 애들 코 묻은 돈 오백 원이 생기셨네."

"저기 가서 껌이나 사서 씹자."

"껌 씹으면 더 배고파지는 거 모르냐?"

병기는 인형 뽑기 기계 앞으로 가더니 동전을 쏘옥 집어넣었다.

"야이, 새끼야. 그게 전 재산인데 그걸 거기다 넣으면 어떻게 해?"

껌이라도 씹고 있으면 불안한 마음이 좀 사라질 텐데. 저 새끼는 뭘 몰라도 진짜 모른다. 주머니에는 먼지밖에 없다는 걸.

"어어~어! 에이. 꽝!"

인형은 잡히지 않았고 배는 더 고파졌다. 병기는 눈을 부라리면서, 씨발을 연달아 외치더니 인형 뽑기 기계를 발로 찼다. 마침 주인이 나왔다.

"느그들, 지금 뭐 하냐? 콩밥 먹고 싶냐? 화악, 안 꺼질래?"

주인아저씨 얼굴이 병기보다 더 험악했다.

"존나 재수 없네요. 잘 먹고 잘 사셔요."

"뭐시라고? 이 새끼를."

병기는 기계를 한 번 더 발로 차고 지혁이에게 눈짓을 했다. 다른 데로 가자고. 지혁이는 고개를 주억거렸고 둘은 그 자리를 떴다. 출근하는 사람들이 뜸해졌다. 콩밥이라도 먹고 싶을 만큼 배가 더 고파졌다.

"아고고, 내가 광주까지 와서 이 무슨 개고생이냐."

병기는 의자에 벌러덩 누워 대합실 천장을 바라보았다.

"나는 이만 가 볼 테니까."

지혁이는 엉덩이를 슬쩍 들었다.

"어딜 가, 새꺄."

병기는 지혁이 팔을 붙잡았다. 승강장 쪽에서 경찰이 오고 있었다.

"인마, 언능 일어나."

둘은 천천히, 그리고 서둘러서 터미널 바깥으로 나갔다. 주위를 둘러보니 경찰은 없었다.

"야, 난 경찰 안 피해도 돼. 너만 피하면 되지."

지혁이가 병기를 보며 말했다.

"너, 아직 배가 들 붙었구나. 너가 칼 휘두른 거 CCTV에 다 찍혔걸랑. 나 도와주러 온 우리 승민이가 네 칼 맞아서 피 많이 흘렸다. 짭새들 뜨는 바람에 내가 승민이를 두고 튀긴 했는데……. 어떻게 된 건지 영 모르겠네. 핸폰도 떨어뜨리고 와서. 너 잘하면 살인자야, 인마. 칼 휘두르는 거 증말 조심해라. 한방에 인생 조진다."

125

정말 죽기라도 했다면 어떻게 하지? 눈을 부라리며 큰소리쳤지만 지혁이는 걱정이 이만저만이 아니었다.

"네 신상도 털렸어, 인마. 이 형님이 아침밥이나 먹게 해 줄 테니까 잔말 말고 따라와, 새꺄."

병기는 골목 으슥한 곳으로 지혁이를 데려갔다. 과연 거기에도 먹잇감이 있었다. 약간 덜 떨어져 보이는 남학생.

"너! 여기 좀 보자."

"나?"

"그래. 너."

쪼그만 놈이 침을 탁, 뱉더니 병기가 어떤 놈인 줄도 모르고 천천히 걸어왔다.

"왜?"

쬐깐한 놈이 턱을 치켜들고 병기와 지혁이를 노려보았다.

"어쭈, 이게."

병기가 우악스럽게 생긴 손을 들어 남학생을 한 대 치려고 할 때였다. 골목에서 이상한 것들이 한꺼번에 우르르 튀어나왔다. 다시 보니 이상한 것들이 아니라 건장한 청년들이었다.

"이것들은 뭐냐? 우리 막내를 손볼려고 했냐? 너희 먼저 손 좀 보자."

네댓 명이 한꺼번에 달려들어서 발길질을 하기 시작했다. 지혁이는 일방적으로 당하기만 했다. 그때 병기가 바지춤에서 칼을 꺼냈다. 아침 햇빛을 받고 칼이 날카롭게 빛났다.

"칼이라고라."

저쪽 패거리들 중 한 놈이 병기의 칼을 보더니 카악, 침을 뱉었다. 그러고는 품 안에서 뭘 꺼냈다. 병기 것보다 훨씬 무시무시하게 생긴 칼이었다. 지혁이는 병기 옷을 잡아당겼다. 쪽수로도 밀리고 기술로도 밀릴 게 뻔했다. 튀는 게 상책이었다.

"야, 빨리 튀어!"

"야이, 존만 한 것들아! 어딜 튀냐?"

지혁이는 병기 옷을 잡고 냅다 뛰기 시작했다. 방향은 일단 사람이 많은 곳이 유리했다. 다시 터미널 쪽. 뒤도 안 돌아보고 터미널 안으로 달려 들어갔다. 하악, 하악. 숨 고르기도 쉽지 않았다.

"아우, 모양 빠지게 이게 뭐야. 헉헉. 천하의 병기님이. 아우, 한 방에 다 날아갈 것들이. 헉헉."

병기는 숨 쉬는 것도 힘들어하면서 도망친 것만 창피해했다. 허리를 잡고 의자에 앉았다. 그런데 이건 또 뭐냐. 아까 오백 원을 삥 뜯긴 중학생 녀석이 어떤 아저씨를 데리고 오고 있었다. 오백 원 정도는 좀 넘어가 주지.

"야, 얼른 일어나."

"왜?"

"저기 봐라. 아버진가 봐."

"아우, 또냐?"

둘은 허리를 납작 엎드리고 옆에 있는 화장실로 기어 들어갔다. 일단 문을 잠그고 각자 변기 위에 앉았다. 재수 없게 병기랑 공범이 되어 버렸다. 한참을 그렇게 있으려니 다리가 저렸다. 지혁이는 문을 열고 살짝 내다봤다. 참네, 기가 막힌 오병기님. 언제 나왔는지 머리에 물을 묻혀 가며 꽃단장을 하고 있었다.

"어이, 잠자지. 넌 냄새 나는 변기 위에서도 코 박고 잠을 자냐?"

"그래. 변기야. 나는 네 냄새가 겁나게 좋다."

"뭐야? 변기?"

"네 별명이 변기인 거 아직 몰랐냐?"

병기 얼굴색이 변하더니 수도꼭지에서 손으로 물을 받아 지혁이한테 튀겼다. 지혁이도 질세라 병기 얼굴에 물을 뿌렸다.

"야아~ 너어~"

"이 자식이."

한참 물을 뿌려 대다가 사람들이 들어오는 통에 그만두어야 했다. 오랜만에 물 뿌리기를 하니 그것도 놀이라고 스트레스가 풀렸다. 기왕에 손에 물을 묻혔으니 세수를 하기로 했다. 차가운 물로 세수를 하니 정신이 번쩍 들었다. 지혁이는 말끔해진 얼굴을 들어 거울을 보았다. 그런데 거울에 뭔가가 보였다. 중절모에 큰 보퉁이.

　……개새끼.
　거지 똥구멍에서 콩나물을 악착같이 빼먹은 놈…….

거지 똥구멍에서 콩나물을 빼먹을 놈

막, 볼일을 보고 나온 그 재수탱이 아저씨가 화장실을 나가려
는 중이었다.

"어디 가! 내 가방 내놔! 이 씨발!"

버스에서 약 친 김밥을 먹인 그놈이었다.

"야! 내 가방 어딨어? 이 거지발싸개야, 엉?"

지혁이는 놈의 멱살을 잡았다. 주먹을 움켜쥐고서 온 힘을 실
어 얼굴에 한방을 날렸다. 있는 힘껏 쳤지만 주먹은 힘없이 날아
갔다. 그래도 놈은 얼굴을 감싸 안더니 죽을 것처럼 데굴데굴 굴
렀다.

"아고고, 사람 죽네. 왜 이런당가? 학생. 그렇게 찾아도 없드

만 여기 있었구먼."

"뭐라고? 이 그지 깡깽이 같은 사기꾼. 하필 내 걸 가져가? 내 걸?"

"하이고. 뭔가 단단히 오해가 갔구먼. 학생, 학생. 이거 좀 놓고 말하드라고, 잉?"

아저씨는 먹살을 잡혔는데도 너스레를 떨기 시작했다.

"아녀, 아녀. 내가 아녀. 학생 가방 여기 화장실에서 주운 것이구먼. 내가 시방 거짓말하믄 마른 하늘에서 베락을 때리제이."

아저씨는 지혁이 가방을 내밀며 호들갑을 떨었다.

"이게 지금 뭔 상황이야. 우리 프렌드의 가방을 소매치기한 분이 이 아자씨야?"

병기는 가방을 빼앗듯이 잡아채서 지혁이에게 인계했다. 지혁이는 가방을 받아 이 잡듯 뒤져 보았다. 월급 봉투는 없었다. 껌통도 보이지 않았다.

"지갑은? 돈은? 보퉁이 열어!"

지혁이는 아저씨의 보퉁이를 손으로 툭, 쳤다. 아저씨는 엉거주춤 보퉁이를 열어 보였다. 호일에 싸인 김밥이 아직도 그 안에 있었다.

"뭐야? 이거. 여기다 약 쳤지? 당신이 먹어 봐!"

"아녀, 아녀. 뭔 약을……. 이거 시방 똥뚜간에 빠쳤던 거여.

에이, 드러워."

아저씨는 냉큼 김밥을 쓰레기통에 던져 버렸다. 지혁이는 보퉁이를 다 뒤졌다. 보퉁이 안에는 볼펜세트, 칫솔세트, 머리빗 세트들만 들어 있었다. 돈 봉투는 나오지 않았다. 벌써 아저씨가 가져가 숨긴 것일까. 다 써 버린 것일까.

"주머니 열어 봐!"

아저씨는 외투 주머니와 바지 주머니를 뒤집어서 보여 주었다. 주머니에서는 종이 쪼가리와 코푼 휴지 쪼가리밖에 나오지 않았다.

"당신, 경찰서에 같이 가서 조사 받자고. 그럼 알 거 아냐. 훔쳤는지, 아닌지."

"아녀, 아녀. 나는 아니랑게. 생사람 잡지 말드라고. 나는 못 가."

아저씨는 손사래를 쳤다.

"못 가긴 왜 못 가? 도둑질을 했으면 벌을 받아야지."

병기가 옆에서 바람을 잡았다.

"여봐, 학생들. 그러지 말고 우리 아침이나 먹으면서 얘기해 보드라고, 어찌된 영문인지, 잉?"

아저씨가 떠미는 대로 둘은 얼결에 화장실을 나와 바로 앞에 있는 식당 안으로 들어갔다. 다행이 두 번이나 들어갔다가 허탕을 치고 나온 그 식당은 아니었다.

"여봐요, 색시? 여그 해장국 셋!"

아저씨는 물어보지도 않고 냅다 해장국을 시켰다. 순간 입안에
서 군침이 확 돌았다.

"정말 안 가져갔어요? ……근데 왜 가방을 들고 있었어요?"

지혁이 말투가 나긋나긋해졌다.

"잠자지야, 이 양반이 가져간 거 맞어. 얼굴에 쓰여 있잖아. 내
가 가져갔소 하고."

"뭔 소리여? 화장실을 들어갔는디, 낯이 익은 가방이 있드란
말이여. 그래서 내가 잠시 보관할라고 막, 들고 나온 거시여. 딴
뜻은 없어. 암, 없고말고."

"하여튼 밥 먹고 같이 경찰서에 가요. 거기에 내 전 재산이 다
들어 있었으니까."

"뭣이여? 전 재산이? 을매나 있었는디?"

"……."

"야, 인마. 너 전 재산을 날린 거야? 이 도둑 못 잡았으면 큰일
날 뻔했네. 나한테 오십 프로는 넘기고. 상도덕은 지켜야지."

대답하기 싫었다. 그렇다. 알바하고 받은 돈, 전 재산. 마침 해
장국이 나왔다. 뻘건 국물에 고기가 푸짐하게 담겨져 나왔다.

"나 먼저 먹는다."

병기는 아예 코를 박고 먹었다. 커억, 좋다,를 연발해 가며 그
릇을 자기 앞으로 더 가까이 갖다 놓고는 우악스럽게 밥을 말아
먹었다. 지혁이도 침이 꿀떡 넘어갔다.

"어째야 쓰까? 그 돈이 어디로 가 버렸디야?"

아저씨는 걱정스런 얼굴로 흘끔흘끔 눈치를 보며 해장국을 떠
서 입에 가져갔다. 아저씨는 해장국을 먹고 얼굴이 발그대대해져
서 어째야 쓰까,를 서너 번씩 중얼거렸다.

놀란 가슴이 조금 진정되어서였을까. 따끈한 해장국이 마음을
놓이게 했을까. 아저씨를 향한 의심이 조금씩 가셨다. 오랜만에
밥다운 밥을 먹었더니 지혁이는 다음 먹어야 할 밥이 걱정되기
시작했다. 돈 봉투를 찾지 못하면 어떻게 될까? 형주가 온다고
하기는 했어도 장담할 수는 없었다. 형주 엄마 성격을 볼 때 형주
가 여기까지 오는 건 거의 미친 짓이다.

"이 아자씨가 어디서 구라질이야?"

병기는 해장국을 먹다가 아저씨에게 눈을 부라렸다.

"아자씨, 오리발 내밀지 마시고요. 오십 프로는 내 돈이란 말
이야."

지혁이는 어이가 없어서 말이 나오지 않았다.

"안녕하세요?"

식당 안을 가득 메우는 우렁찬 소리가 정신을 번쩍 들게 했다.

"그래. 어서 와. 일찍 왔네."

알바 학생이 들어왔다. 목소리에서 힘이 넘쳤다.

"그 할아버지 또 왔어요."

"누구?"

식당 아주머니가 되물었다.

"차비 할아버지요."

"그 네다바이 할배?"

"네다바이가 뭐예요?"

"사기꾼이란 말이지."

"아직도 여기 터미널을 알짱댄다 말이요? 그렇게 혼꾸녕이 나고도."

주방 아주머니가 얼굴을 쏙 내밀고 말했다. 그 사기꾼 할아버지는 유명 인사인 모양이었다.

"아줌마, 텔레비 좀 틀어 주쇼."

밥을 먹고 있던 손님 하나가 말했다. 화면에 느닷없이 군인들의 모습이 비쳤다. 아무 생각 없이 텔레비전 화면을 쳐다보며 국을 퍼먹던 아저씨가 이상하게 변한 건 바로 그 순간이었다. 갑자기 숟가락을 머리 위로 들어 올리더니 쥐새끼마냥 탁자 밑으로 기어 들어갔다.

"아녀. 아녀. 난 아니랑게요. 지는 아니란 말여유."

"아저씨, 뭐가 아니란 거예요?"

탁자 밑에 숨어 있는 아저씨에게 지혁이가 얼굴을 들이댔다.

"난, 참말로 아니란 말이여!"

아저씨는 몸을 사시나무 떨듯 떨어 댔다. 정신 나간 사람처럼
게거품을 물고 있었다.

"이 아자씬 또 왜 이러는데?"

병기는 짜증난 얼굴로 아저씨를 내려다보았다.

"아저씨! 아저씨! 정신 차리세요!"

"응? 으음. 으으~음."

아저씨는 그제야 정신이 들었는지 눈을 끔뻑거리며 천천히 식
탁 밑에서 나와 의자 위로 올라앉았다. 넋이 나간 듯 잠시 멍한
얼굴이었다. 입가에 침까지 흘렀다.

"암것도 아니랑게. 어서 먹고 나가세."

아저씨는 한여름도 아닌데 이마가 땀에 젖어 번들거렸다. 입
주위에는 함부로 먹은 국물의 찌꺼기가 묻어 벌겋게 물들었다.
지혁이도 남은 해장국을 싹 비웠다. 언제 또 밥을 먹게 될지 모를
일이었다. 아저씨는 손으로 입을 한번 쓰윽, 훔치더니 주섬주섬
주머니에서 만 원짜리들을 꺼내 흔들어 보였다.

"학생, 이거 얼마 안 되지만 조금 보태드라고. 돈을 잊어버리
고 집도 못 가면 쓰겄는가. 딸내미 생각나서 그려. 차비여. 받어.

친구 것까지."

"됐거든요."

지혁이가 일어나자 아저씨도 화들짝 놀라 일어섰다.

"저기 뭐시냐, 어디로 갈라고?"

"아자씨, 어디긴 어디에요? 경찰서죠."

병기도 따라 일어났다.

"아따, 학생들도. 나는 거기 가기가 쪼까 거시기헌디. 글쎄 고
거시…… 경찰서 갈라면 버스 타고 여그서 한참 멀어. 학생, 우
리 일단 야그나 좀 하드라고. 자네는 어디 가는 길이여? 아까 큰
집 간다고 했제? 큰집이 여기여?"

"왜요?"

"글쎄, 말 좀 해 보랑게."

"……해남 ……땅끝이요."

얼떨결에 외삼촌이 사는 곳을 더듬거리며 말했다. 아저씨는 지
혁이 말을 듣고 활짝 웃었다. 잇몸이 보이도록 웃으니 깨진 앞니
가 드러났다. 불규칙하고 들쭉날쭉한, 누런 이였다.

"참말로 희한한 일이구먼. 나도 거기 가는 길이여. 우리 함께
가 보드라고. 바빠 죽겄는디 경찰서까지 가지 말고 바로 가자고.
땅끝으로 말이시. 경찰서는 일단 들어갔다 하면 무슨 조사다 뭐
다 한나절이 휭 가 버린당게. 나도 자네 같은 딸내미가 있네. 돈

도 없고 빈털털이람서?"

"제 전 재산을 찾아야 해요."

"얼마 되지도 않음시롱."

"아저씨가 어떻게 알아요?"

"아녀, 아녀. 나는 당연히 모르지. 학생이 있으면 얼마나 있겄는가. 그래서 한 소리여."

그때 형주에게서 전화가 왔다.

"어디냐? 아직도 터미널이냐?"

형주답지 않게 진지했다.

"근데 너 안 와도 되겠다."

"뭔 말? 오지 말라니? 나도 지금 가출하고 있는 중인데. 엄마한테 사실대로 말하면 오늘 학교도 못 가게 할지 몰라서 학교 째고 그리로 가려고. 히히."

"잡았다, 도둑."

"정말? 어디서? 돈도 찾았냐?"

"아니. 거의 잡기 직전이란 말이지. 그 도둑이랑 경찰서 가려고. 걱정 말고 기다려라. 곧 서울로 올라갈 테니."

"가방 훔쳐간 도둑 확실해?"

"거의."

"그럼 아직 돈은 못 찾은 거잖아."

"응."

"아이, 새끼. 쪼금만 기둘려라. 내가 가 봐야지."

"괜찮다니까."

아저씨는 경찰서라는 말에 움찔거리며 눈을 껌뻑거렸다.

"아저씨, 오천 원만 꿔 줘 봐요."

"뭐? 오천 원?"

아저씨는 난처한 표정으로 주머니에서 주섬주섬 돈을 꺼냈다. 꼬깃꼬깃 접혀진 돈을 넘겨주려다가 말고 다시 물었다.

"왜 그러는디?"

"왜 그러긴 왜 그래요? 쓸 일이 있어서 그러지."

지혁이는 아저씨 손에 들려 있던 돈을 낚아챘다. 그리고 아저씨가 내빼지 못하도록 아저씨를 끌고 빵집 앞으로 갔다. 아주머니는 고개를 끄덕이며 졸고 있었다.

"아줌마!"

졸고 있던 아주머니는 그 자리에서 벌떡 일어났다.

"아고, 깜짝이야?"

아주머니는 하품을 늘어지게 하고는 눈곱을 떼면서 말했다.

"아까 그 시부럴 놈 아녀. 너 잘 만났다. 냄새 맡은 값이라고 50원만 달랑 주고 빵 훔쳐서 토낀 놈. 참말로 내가 원, 살다 살다 별놈의……."

"여기 삼천 원이요. 아까 그 빵 값이에요. 훔친 게 아니라 돈 가지러 갔다 온 거예요."

"참네. 별 희한한 놈이⋯⋯."

"아줌마, 빵 이천 원어치 더 주세요."

"돈이 있었구먼그려⋯⋯. 여기 있네."

아주머니가 건네는 빵 봉지를 받았다. 물끄러미 빵을 내려다보았다. 빵에서는 여전히 향긋한 냄새가 났다. 틀림없이 같은 빵이었다. 하지만 쓰러질 것처럼 배고플 때 코를 벌름거리며 흠뻑 냄새를 들이켰던 아까 그 빵은 아니었다. 지혁이는 빵 봉지를 가슴에 안았다. 마치 소중한 것이라도 되는 양 다시 한번 꼭 끌어안았다. 이제 돈만 찾으면 된다. 뒤를 돌아보니 아저씨가 슬금슬금 꽁무니를 내빼고 있는 중이었다.

"아저씨! 어딜 가시려구요. 제 돈 내놓고 가셔야지."

지혁이는 아저씨를 쫓아가서 보퉁이를 붙잡았다.

"넌 또 어디를 가려고. 내 용돈 놓고 가셔야지."

언제 왔는지 병기가 지혁이를 붙잡으며 말했다.

"아이고, 뭔 말이여. 내빼다니. 우리 표나 사서 가자고."

아저씨는 엉거주춤 매표소 창구 앞으로 갔다.

"서울행 두 장 줘야겄소."

"서울행은 지금 막 출발했어요. 몇 시 차로 드릴까요?"

"뭐여? 금방 가 부렀다고 했소? 아뿔사! 놓쳐 부렀구먼. 학생, 이를 어쩐당가?"

"다음 차는 몇 시죠?"

지혁이가 창구에 얼굴을 들이밀고 물어보았다.

"9시 50분이요. 오늘은 10분 연착이어요."

"세 장 주세요. 한 장은 고속터미널, 두 장은 저기…… 밑으로……."

"밑 어디요? 토말이요? 땅끝?"

"……네? ……네."

지혁이는 얼떨결에 대답을 해 버렸다. 병기 놈이랑 서울을 가느니 차라리 땅끝을 가는 게 나을 것 같았다. 아저씨는 머뭇거리며 차표 값을 냈다. 지혁이는 표를 받아들고 두 장은 잠바 안주머니에 넣고 한 장은 병기를 주었다.

"웬 땅끝?"

"끝이든 시작이든 네 알 바 아니잖아."

"그래, 내 알 바 아니지. 잠자지야, 이 형님 서울 가는 여비는 두둑이 챙겨라. 존나 찌질하게 이 표 딱지로 입막음하려는 건 아니겠지? 흐흐흐."

병기가 다리를 건들거리며 툭, 쳤다. 재수가 없을라니까. 여기까지 와서 병기 이 새끼한테 삥을 뜯겨야 하나. 지혁이는 심사가 잔뜩 꼬였다.

"학생, 근디 말이여, 내가 쪼까 거시기 해야쓰겄는디."

"네? 무슨 말을 하는 거예요?"

"헤헤. 이 보퉁이 말이여, 이것을 끌고 갈랑게 무거워. 짐이 꽤 많당게. 우리 집에 쪼까 들러서 놓고 가는 게 어떤가?"

"뭐요? 내 참 기가 막혀서. 경찰서 갈 거니까 빨리 앞장이나 서세요. 아님 빨리 돈을 내놓으시든가. 이놈한테 돈도 줘야 하고요."

"으메메. 또 그 경찰서 야그여? 내가 경찰서 쪽만 돌아봐도 켁, 숨을 못 쉬는 병이 있어."

"경찰서라니? 잠자지! 나두 같은 병이 있는 거 알지? 경찰만 봐도 이 형님 숨 못 쉰다. 나두 경찰서는 못 가. 이 아자씨 말대로 보퉁이 집에 놓고 서울이나 가자. 아자씨, 빨랑 돈 줘요. 난 돈만 있으면 되니까. 돈 어디 있어요? 네?"

병기가 눈을 부릅뜨자 아저씨는 눈을 내리깔고 고분고분한 표정으로 말했다.

"아니여, 나는 아니랑게. 오해여, 증말. 우리 집에 들러서 보믄 알지. 들렀다가 같이 가세. 집에 온 지가 하두 오래돼 놔서 그냥 가기가 쪼까 거시기 혀. 이 보퉁이도 너무 크고 무거워."

"사물함에 넣으시면 되잖아요. 그리고 이 변기는 경찰서 가기 힘든 것 같으니까 우리 둘만 가요. 아저씨만 조사 받고 나오면 되니까."

"잠자지, 내가 널 어떻게 믿고 기다리겠냐. 내 돈 받기 전에는 네가 눈앞에서 사라지게 둘 수는 없단 말씀. 경찰서는 포기해라, 응?"

병기는 눈을 내리깔고 말했다.

"그럼 네가 내 돈 줄래?"

"내가 너한테 왜 돈을 주냐? 나 한동안 집에도 못 들어간다. 아자씨 집에 가서 돈을 찾든가."

병기 말대로 혹시 아저씨 집에서 돈을 찾을 수 있을지도 몰랐다.

"좋아요. 아저씨, 집이 어디예요? 차 시간에 맞춰서 올 수 있죠?"

"그럼. 그럼. 엎어지면 코 닿을 곳이구먼. 찻길만 건너면 되야."

"내가 확 불면 너도 감옥 갈 수 있는 거 알쥐?"

병기는 왼쪽 귀를 지혁이 눈앞에 들이밀었다. 버터플라이가 정확하게 날아갔다면 병기 귀는 지금 저 자리에 붙어 있지도 않았을 거다. 하지만 제가 무슨 수로 경찰에 불겠는가. 뺑치기는. 저도 경찰하고는 사이가 안 좋을 텐데.

"내 버스표도 사. 용돈도 챙겨 주고. 너한테 칼 맞고 쫓아오다가 요기까지 왔으니까."

"뭐라고? 나 때문이라고? 뭔 소리? 너 경찰차 보고 도망치는 거 내가 다 봤는데."

"경찰차를 봤다고? 너 나랑 같은 차 타고 온 거야?"

"......"

"씨발, 이 자식이 개쩌네."

병기는 손으로 지혁이 머리를 툭, 쳤다. 꽤 힘이 들어가 있었다.

"보면 어쩔 건데?"

"어쭈쭈? 쫄보 새끼, 그새 많이 성장했다."

병기는 주먹으로 지혁이 배에 훅을 날리고 팔꿈치로 등까지 찍었다. 왼손으로 계속 잽을 날리면서 배를 공격했다. 병기는 웃음을 흘리면서 장난하듯 쳤지만 지혁이에게는 힘이 묵직하게 전달됐다.

"어이! 학생, 왜 사람을 치고 그러는 거여?"

"아자씨는 뭔데 참견이슈?"

그 틈을 타서 지혁이도 병기의 등을 팔꿈치로 힘껏 찍었다. 너무나도 약한 펀치였다.

"인마, 내 주머니에 버터플라이가 있다는 걸 기억해. 조심하라

145

구. 나 학교에서만 보던 잠자지가 아냐."

"하이고, 우리 샌님께서 이제 많이 컸구만요. 몰라봬서 죄송한데."

병기가 실실 웃었다. 지혁이는 아저씨를 보고 말했다.

"아저씨, 차표 미리 사 놓고 그다음에 경찰서 가시든가, 아님 순순히 내 돈 내놓으시든가 하세요."

병기 놈을 빨리 서울로 보내야 했다.

"학생, 친구 만나 다행이네만 이 친구도 개털이구먼. 쯧쯧. 집에 못 가면 안 되니까 내가 친구 표까지 해 줄 테니까 집에 가서 갚어."

"지금 장난하세요? 제 전 재산이 몽땅 아저씨 입으로 들어갔는데?"

"천하의 상그지 개털 잠자지의 쩐을 가로채는 꼴통이 나 말고 또 있으면 안 되지. 아자씨가 얼른 잠자지의 돈을 줘야 내가 또 그 돈을 받지. 안 그래?"

넓적하고 시커먼 얼굴을 한 병기가 아저씨의 꼬질꼬질한 보퉁이를 휘어잡자 아저씨는 갑자기 얼굴이 하얘졌다.

벌레

"먼저 앞으로 나가 있어. 나 볼일 좀 보고 갈 테니."

지혁이가 턱으로 화장실 문을 가리켰다.

"너 사라지면 알아서 해라."

병기가 노려보았다.

"승차권도 아저씨가 가지고 있고 돈도 없는데 내가 가긴 어디로 가냐?"

"똥 냄새 나기 전에 빨리 갔다 와. 아자씨도 이리 오시고."

저 화상을 어떻게 하면 보내 버릴 수 있을까. 지혁이가 화장실 문을 열고 지퍼를 막 내리려고 할 때였다. 갑자기 화장실 문이 덜컹거렸다.

"어디로 들어갔어? 응? 여기야?"

술 취한 아저씨 같았다.

"사람 있어요."

"그래, 너 보자고. 너 내 취향이야. 흐흐흐."

다시 문이 덜컹거렸다.

"사람 있다니까요!"

일어나서 소리를 꽥 질렀다. 그때였다. 헐렁한 걸쇠가 스르륵 벗겨졌다. 그러고는 문이 벌컥 열렸다. 손 쓸 틈도 없었다. 웬 덩치가 산만 한 사내가 눈이 게게 풀린 채로 지퍼를 연 채 지혁이에게 달려들었다.

"이리 와 봐, 달링."

말할 틈도 없이 사내가 지혁이를 뒤에서 안았다. 지혁이는 꽉 끌어안은 사내의 팔을 풀 수가 없었다. 엄청난 힘이었다. 지혁이는 순간 숨이 턱 막혔다. 천장이 빙글 돌았다. 등골에서 기운이 쑤욱, 빠져나갔다. 다리가 풀려 서 있을 수가 없었다. 곧 죽을 것만 같았다.

골목에서 느껴왔던 공포가 실제로 다가와 숨을 조여 왔다. 발소리를 내며 따라오던 꿈속의 환영이 이제 눈앞에서 지혁이를 죽음으로 몰아가고 있는 것만 같았다. 퍼뜩 주머니에 있는 버터플라이가 생각났다. 간신히 오른팔을 돌려 잠바 주머니에서 버터플라이를 꺼냈다. 이번에는 온 힘을 다해 있는 힘껏 버터플라이를 휘둘렀다. 푹, 칼이 깊숙하게 들어갔다.

"으윽……."

이번에는 나비가 제대로 날아갔다. 어디를 어떻게 찌른 건지 알 수가 없었다. 놈이 바닥으로 힘없이 쓰러졌다. 가까스로 문을 밀고 화장실을 나왔다. 아무 말도 못하고 정신이 나간 표정으로 화장실을 질질 걸어 나왔다. 손에 들린 버터플라이를 주머니에 넣었다. 조금 있다 정신이 들자마자 지혁이는 튀기 시작했다. 튀어 나가는 지혁이를 보고 병기와 아저씨가 쫓아갔다.

"야, 이 새끼야. 어딜 가?"

터미널 중앙 문을 열고 나가자 대뜸 8차선 대로가 나왔다. 지혁이는 뒤도 돌아보지 않고 신호가 바뀌자마자 달렸다. 아저씨도 병기도 그 뒤를 쫓아갔다. 길을 건너 오른쪽으로 걸어가니 주유소가 나왔다. 어디로 가야 할지 우왕좌왕하는데 아저씨가 손짓을 했다.

"이리 이리! 이쪽으로!"

아저씨가 길을 안내했다. 어느새 아저씨는 주유소 뒷길 작은 골목으로 들어갔다. 지혁이는 아저씨를 놓칠세라 재빨리 쫓아갔다. 병기도 뒤에서 혀를 내밀고 헐레벌떡 쫓아왔다.

"왜? 헉헉, 왜 뛰어가는데?"

뒤에서 쫓아오는 사람도 없고 한적한 길에 왔을 때 병기가 물었다. 그제야 지혁이는 헉헉대며 허리를 잡고 섰다.

　"뭐시 왜여? 어떤 놈이 쫓아오니까 그러지. 언능 와!"

　"잠자지…… 뭔 일이야? 개빡치네. 왜…… 이리 뛰어야 하냐고?"

　"화장실에서 어느 미친놈이…… 뒤에서 나랑 하자고…… 덥석 안더라. 그래서 나도 모르게 칼로…….""

　"아고고, 참말로 별 미친 놈이 다 있구먼."

　"너, 근데 사고 치는 게 습관이냐? 빽하면 칼을 휘둘러 대고. 나보다 더 문제네."

　지혁이는 아직 제정신을 차리지 못하고 헉헉대고 있었다. 이런, 낭패가 아닐 수 없었다. 그놈이 크게 다쳤을지도 모른다는 생각이 들자 손이 벌벌 떨려 왔다.

　골목 끝에 밭이 보이기 시작했다. 터미널 근처에 어떻게 이런 밭이 있나. 밭이라기보다는 빈 공터였다. 큰 건물이 들어설 자리처럼 보였다. 그런데 아저씨는 밭고랑으로 가면서부터는 주위를 살피기 시작했다. 멈칫거리면서 주택 골목도 살피고 큰길도 살피고 좌, 우를 두리번두리번 살폈다. 마치 뭔가에 쫓기는 사람 같았다. 아저씨는 비틀거리듯 걸어갔다. 심한 팔자걸음이었다. 뒤에서 보니 오른쪽 어깨가 눈에 띄게 축 처져 있었다. 걸음걸이도 절

룩거렸다. 지혁이 뒤를 쫄래쫄래 따라오는 덩치 큰 곰, 병기는 숨을 헉헉거렸다.

"아자씨! 지금 어디까지 가는 거야?"

"다 왔당게. 저기여."

아저씨가 가리킨 곳은 컨테이너 박스였다. 공터 작은 공간에 세워져 있는 빛바랜 회색 컨테이너 박스. 아저씨는 바지 주머니에서 열쇠 하나를 꺼냈다. 군데군데 칠이 벗겨진 회색 철문에는 커다란 자물통이 물려 있었다. 아저씨가 열쇠를 자물통에 꽂았다. 아귀가 잘 맞지 않는지 끼익 소리를 내며 문이 열렸다. 아저씨는 신발을 고이 벗어서 문 옆에 가지런히 두고 안으로 들어갔다.

"어여, 들어와. 괜찮아."

"창고 말고 아자씨 집을 가자고요."

병기는 컨테이너를 발로 툭 찼다. 텅텅 소리가 났다. 지혁이는 문을 열고 안을 들여다보았다. 퀴퀴한 냄새와 뭔가 알 수 없는 서늘한 기운이 감돌았다. 사람이 사라지고 난 다음, 네모난 방에 고여서 푹 절여졌다가 튀어나오는 절망의 냄새 같은 거였다. 신을 벗고 엉거주춤 안으로 들어갔다. 안은 습하고 차가웠다.

"넌 거기 있을 거냐? 들고 갈 수 있는 물건 찾아보자고 한 게 너였잖아."

병기는 밖에서 못마땅한 얼굴로 입을 댓 발로 내밀고 있었다.

"참네, 들고 갈 게 아니라 우리가 뭔가 두고 나와야 할 것 같은 분위긴데? 이런 데서 어떻게 사람이 살지?"

"요런 데서도 사람이 산다네. 들어올라믄 빨리 들어오든지 알아서 혀."

아저씨가 문을 닫으려고 하자 병기는 할 수 없이 엉거주춤 들어왔다.

"아차차. 저, 저, 신발은 안으로 들여놓드라고."

아저씨는 장화와 운동화를 컨테이너 박스 안에 들여놓고 문을 닫으려고 했다. 문밖을 살피는 것도 잊지 않았다.

"문은 왜 닫아? 그냥 열어 두면 안 되나? 냄새나는데."

병기가 코를 쥐고 말했다.

"응? 그라믄 살짝만 여세. 활짝 열지 말고 잉."

아저씨는 한 뼘 정도 틈을 두고 문을 열어 두었다. 방이라기보다는 창고 같았다. 한쪽 구석에는 작은 서랍장이 있었다. 그 위에 이불 한 채가 덩그러니 놓여 있었다.

"앉으랑게. 구들 무너지겠어. 쪼까 있어 보드라고. 손님이 왔으니께 커피라도 한 잔 대접해야지. 나도 아주 오랜만에 내 집에 왔네."

휴대용 가스레인지와 냄비, 주전자, 그릇 몇 개가 전부인 살림

살이. 바닥에는 낡은 장판이 깔려 있었다. 어디서 주워 왔는지 가운데는 누렇게 불에 그을린 자국이 있었다. 아저씨는 한쪽 구석에 있던 휴대용 가스레인지를 끌어다 앞에 놓았다.

"이게 뭐여? 장마철도 아닌디, 웬 벌레가 꼬이고 지랄이여. 쯧쯧, 먹을 게 뭐가 있다고 여기를 다 찾아왔냐. 너도 내 집에 온 손님이랑가?"

아저씨는 휴대용 가스레인지 위에서 벌레 한 마리를 손으로 집어 들더니 구석 쪽에 가만히 내려놓았다.

"으악! 아자씨! 벌레, 저쪽에다 놔요!"

병기가 기겁을 하면서 지혁이를 확 끌어안았다.

"뭐야? 이건."

지혁이가 병기를 뿌리치자 병기는 덜 떨어진 표정으로 지혁이를 떨떠름하게 바라보았다. 아저씨는 보퉁이에서 생수 통을 꺼내 주전자에 물을 붓고 불 위에 올렸다. 그리고 털썩, 주저앉더니 여태 꼭 쓰고 있던 때에 전 중절모를 벗었다. 아저씨의 머리는 군데군데 흰머리가 파뿌리처럼 돋아나 있었다. 볕에 그을렸는지 짙은 갈색 이마에는 모자를 눌러쓴 허연 자국이 띠처럼 남아 있었다. 양 미간에는 굵은 주름이 두 줄 깊게 파여 있었다. 지저분한 기미 때문에 더 어둡게 보였지만 눈가에 자잘하게 퍼져 있는 잔주름 때문인지 나쁜 사람처럼 보이지는 않았다.

"우와~ 여기가 아자씨 비밀 아지트? 이런 별장 하나 있으면 조오~켔네. 언제든 들어오고 싶을 때 들어오고, 나가고 싶을 때 나가고. 완전 자유잖아, 아저씬."

병기가 빈정대며 말했다. 아저씨는 외투를 벗어 옆에 고이 접어 두었다. 큰 외투를 벗자 아저씨의 깡마른 어깨와 구부정한 등이 드러났다. 너스레를 떨어 댈 때는 몰랐는데 나이도 꽤 들어 보였다. 지혁이는 아직까지 제정신이 아니었다. 앞뒤 가리지 않고 뛰긴 했는데, 그놈이 죽었을지도 모른다는 불길한 생각을 지울 수가 없었다. 여태껏 운이라고는 지지리도 없었으니까.

"근디 그 오살헐 놈, 어째 많이 다친 거 같어?"

"깊숙이 찔렀어요. 너무 덩치가 커서 제 힘으로는 당해 낼 수가 없었어요."

"잠자지, 그거 정당방위야. 그 새끼가 너 먼저 건든 거잖아. 성폭행."

"그래도 죽었으면 어떻게 해?"

"그거 줘 봐."

"뭐?"

"칼 말이야, 인마."

병기는 버터플라이에 묻은 피를 물휴지로 깨끗이 닦아냈다.

"이건 증거 인멸. 아마추어는 잘 모른다니까."

지혁이는 버터플라이를 다시 안주머니에 넣었다.

"사람 목숨이 그리 쉽게 가지는 않어. 걱정할 필요는 없당께. 몸이 많이 상했을 수는 있지만."

"아이고, 우리 잠자지, 인생 더럽게 꼬여부네. 큭큭."

"근디 말이여. 학생, 왜 죽을라고 그랬는가?"

자다가 웬 봉창 두드리는 소리일까.

"네?"

"아까 화장실에서 말이여. 학생 가방을 조금 봤구먼. 공책이 나오드라고. 근디 누가 학생을 쫓아댕기믄서 못살게 구는 거여? 면도칼로다가 등까지 그어 버리고. 씨벌놈, 신고를 해 버리제. 왕딴가 뭐신가 당하는 거여?"

"혹시 돈 봉투도 아저씨가?"

"아녀, 아녀. 그런 야그는 치워 버리고. 고놈이 누구여? 고놈 땜시 죽을라고 하는감? 젊은 나이에? 그라믄 못쓰제. 부모님이 아시믄 월매나 속이 상하시겄어. 마음잡고 잘 살아야지."

아저씨나 마음잡고 잘 사시든가요. 지혁이는 고개를 돌렸다.

"죽어 버리면 손해여. 지만 손해."

아저씨는 주머니에서 담배 한 개비를 꺼내 불을 붙였다.

"사실 나도 잘 살고 있는 것은 아니제. 지금은 그래도 정신 차리고 사는 것이지만."

한동안 담배를 빠는 소리만이 창고 안을 뻑뻑하게 떠돌았다.

"아자씨, 저도 한 대 줘 봐요."

아저씨는 거의 끝까지 피운 담배를 깡통에 비벼 끄고 병기에게 담배를 주었다.

"그거 내 얘기냐? 난 너한테 신사적으루다가 대했는데. 면도칼은 아니고 몰빵, 담배, 아니면 용돈 정도. 내 얘기 공책에 쓴 거면 쪼끔 서운한데 이거. 너무 과장 아님?"

"뭐시? 니가 애한테 삥 뜯었냐? 에라이~"

아저씨는 아무렇지도 않게 병기의 머리를 툭, 쳤다.

"아니, 이 아자씨가."

병기가 어깨를 흔들며 피하는 시늉을 했다. 물 끓는 소리가 들렸다. 아저씨는 커피믹스를 두 개 꺼내 일회용 컵에 부었다.

"세상에는 살아 있어도 산 목숨 아닌 게 많은 법이여. 난 아직도 무섭당게. 그날 이후로 경찰서 근처는 발걸음도 못 혀. 다른 놈들은 잘만 다니드만 난 못 가."

아저씨의 눈빛이 번뜩였다.

"왜요~오? 나도 경찰서 싫은데. 흐흐. 무슨 일 있으셨나?"

병기가 물었다. 허허허허, 아저씨의 공허한 웃음소리가 컨테이너 박스를 맴돌아 울렸다.

"왜? 무슨 일이 있었냐고? 있었지. 징헌 일이 있었당게."

아저씨는 지혁이와 병기에게 커피를 내밀고 담배 한 개비를 또 꺼내 불을 붙였다.

"커피 맛 죽여주네."

병기가 쩝쩝거리며 커피를 마셨다.

"야! 그거 줘 봐."

병기는 까만색 비닐봉지 안에 든 빵을 가리켰다.

"아침을 먹었는데도 식욕이 땅기네."

병기는 터미널에서 산 빵을 꺼내 커피에 적셔 가며 순식간에 먹어 치웠다.

"쫌 남겨, 인마."

지혁이는 빵 한 쪽을 잘 챙겼다. 아저씨는 병기 옆에서 담배를 맛있게 피웠다. 담뱃불에 아저씨의 눈빛이 번뜩이며 젖어 드는 게 보였다.

"스물세 살 때랑게. 내 인생이 확 달라졌던 때여……. 공장 일 시작하던 첫해였응께. 11월 20일. 참말로 기막힌 날이었제……. 5월에 광주 도청에서 그 징헌 일로 사람들이 죽어 나간 그해였단 말이여. 동생을 시내에서 만나 집으로 오든 길이었지. 동네 어귀에서 사람들이 술 먹고 시비가 붙어 부렀어. 내가 싸움을 말리고 있었는디, 어디서 경찰들이 나타나드란 말이야. 트럭에 우리를 때려 넣고 어디로 끌고 갔당게. 사회 풍기문란이라나 뭐라나. 요

157

상한 죄로 삼청교육대에 끌려갔어. 개호로상녀르 새끼들. 귀에
걸면 귀걸이고 코에 걸면 코걸이여."

"싸움 말리다가요?"

"그려, 미친놈의 세상이지. 난 534번, 우리 동생은 535번이었
어. ……나헌테 무슨 일 생기면 막 태어난 우리 딸내미 다희허
고…… 마누라는 어떻게 허나. 그 생각만 했당게. 뻘건 모자를 쓴
조교란 놈들이 생나무 몽둥이로 뚜둘고…… 추운 겨울에 연병장
에 모아 놓고 알몸에 물을 뿌리고 또 때리더란 말이야. 오살헐 놈
들! 우리 동생이 맞는 거 보니까 눈알이 뒤집혀 버리대. 내가 조
교놈헌테 대들었지. 더 이상 눈 뜨고는 볼 수가 없었으니께."

"그런 개새끼들을 살려 뒀어요? 그냥 콱 배때기를…… 쑤셔 버
리지."

병기는 칼을 잡고 찌르는 시늉을 하며 말했다.

"우리나라에서요?"

지혁이가 놀라서 물었다.

"그려. 여기 대한민국…… 미쳐 돌아가는 광주에서 말이여."

아저씨의 눈이 또다시 번뜩이며 흔들렸다.

"……그런데, 보안대로 끌려갔어……. 보안부대. 흐흐흐흐, 내
가 거기 있었어, 거기. 연병장 임시막사에 말이여. 몇 날 며칠을
굶기고 잠 안 재우고 콧구녕만 한 데에다가 몇 백 명씩 때려 넣드

라고. 지옥이 따로 없었어……. 생지옥이었당께. 그때 집 앞에서
동생만 만나지 않았어도 동생이 그리되지는…….”

아저씨의 눈빛은 뭔가에 홀린 것처럼 흔들렸고 말소리가 점점
커져 갔다. 무슨 말을 하고 있는지 도무지 알아들을 수가 없었다.
병기는 아저씨가 말하는 것을 꼼짝도 하지 않고 귀 기울여 듣고
있었다. 어울리지 않게 아무 말 없이 진지한 표정으로.

저 아저씨 미친 거야. 무슨 봉변을 당할지도 몰라. 지혁이는 문
쪽으로 슬금슬금 다가갔다. 여차하면 밖으로 튈 참이었다. 아저
씨의 입가에 고여 있던 침이 주르륵 턱으로 떨어졌다. 아저씨의
손이 바르르 떨렸다. 그때 아저씨의 손에서 끝까지 타 들어가던
담뱃재가 툭, 하고 떨어졌다.

“어어, 어? 불이여! 불! 사람 살려!”

아저씨는 떨어뜨린 담배를 두 손으로 움켜잡고 소리를 질렀다.
이때다, 싶어 지혁이는 문을 박차고 나왔다. 뒤에서 아저씨의 다
급한 목소리가 울렸다.

“다희야! 다희야! 어억! 불이야! 불! 사람 살려! 다희야~아!”

악을 쓰는 아저씨의 목소리가 등 뒤에서 애절하게 들렸다. 지
혁이가 다시 문 쪽으로 살그머니 가보았다. 활짝 열려진 문으로
아저씨가 보였다. 불이라도 난 것처럼 아저씨는 한쪽 구석에 머
리를 처박고 벌벌 떨고 있었다.

"다희야, 죽으면 안 돼. 다희야~"

병기는 아저씨 근처에서 불이 붙은 담배를 치우고 있었다.

"아자씨! 정신 차리시라고요! 불 안 났단 말입니다!"

병기가 소리치자 아저씨는 간신히 고개를 들었다. 궁지에 몰려 허덕거리는 눈빛을 하고 있었다.

"담뱃불은 꺼졌다고요. 네?"

아저씨가 흔들리는 눈빛을 거두고 병기를 멍하니 바라보았다.

"으, 으음. 그려. 학생은 어디 갈라고?"

문밖에 서 있는 지혁이를 보더니 아저씨의 눈빛이 정상으로 돌아왔다.

"이제 가야겠어요. 차 시간이……."

"그래, 그래. 우리…… 함께 가기로 했지. 암, 가야지."

아저씨는 눈을 몇 번 끔뻑거리더니 너스레를 떨던 그 모습으로 다시 돌아왔다. 바깥은 밤새 쏟아지던 비가 그치고 나서인지 하늘이 맑았다. 조금 있으니 아저씨는 들고 다녔던 보퉁이보다 작은 것을 꿰어 차고 나왔다. 그 뒤를 병기가 슬그머니 뒤따라 나왔다. 아저씨는 정신 나간 사람처럼 보였지만 이제 무섭지는 않았다.

"아저씨, 보퉁이는 왜 또 들고 나오세요?"

"이거? 맨손으로 가면 된당가? 움직일 수 있을 때 한 푼이라도 벌어야제.”

“차에서 돌리시게요?”

“그려. 누가 거저 밥 멕여 준당가?”

하긴 저렇게 해야 밥을 먹을 수 있을 것 같기는 했다. 새벽에 미칠 것 같은 배고픔에 시달려서인지 ‘밥’이라는 말이 마치 ‘법’처럼 들렸다.

“허허허, 학생! 그리고 죽지 말드라고. 이리 사는 목숨도 있는디, 왜 목숨을 끊는당가? 알겠지?”

“제가 왜 죽어요. 이렇게 숨 쉬며 잘 살고 있는데요.”

“고런 싸가지 없는 것들은 뒷골목에 숨어 있다가 가서 뒤통수를 팍, 내리꽂아 부러.”

지혁이는 씁쓸하게 웃었다. 칼로 내리꽂은 새끼가 저기 서 있네요. 셋은 밭을 지나 주유소를 지나 다시 큰길로 나왔다.

“아저씨, 천만 원만 꿔 줘 봐요.”

“뭐야? 천만 원?”

“아휴, 쫄기는. 천 원이요, 천 원!”

“염체가 있지, 은제 갚을라고 또 꾸는 거여? 이번에는 뭐 할라고?”

“살 게 있어요.”

지혁이는 가게에 들어가 껌 한 통을 샀다. 종이를 벗기는 손이 살짝 떨렸다. 입안으로 달짝지근한 껌이 하나 들어갔다. 마음 같아서는 다섯 개를 한꺼번에 씹고 싶었지만 참았다. 달콤한 향이 듬뿍 베어 든 침을 모았다가 한꺼번에 꿀꺽 삼켰다. 이제야 심장 박동이 제대로 뛰는 것 같았다.

"자요!"

뒤따라오는 아저씨에게 껌을 내밀었다. 아저씨는 속없이 헤헤거리며 껌을 받았다. 그리고 뭐가 좋은지 펄쩍거리며 터미널 쪽으로 갔다. 저 아저씨, 정상이긴 한 건가? 지혁이는 일단 아저씨의 젖은 눈빛을 믿어 보기로 했다. 아저씨는 '나의 슬픔을 지고 가는 친구' 없이 외롭게 살아온 사람 같았다.

"아저씨, 그쪽으로는 못 가요. 놈이 어떻게 된 줄 알고."

"그래도 우리 버스 타야 하는 거 아냐? 승차권도 다 샀잖아."

"허긴 그러네. 짭새들이 쫘악 깔렸을 수도 있지. 내가 먼저 가서 분위기를 살펴볼 텡께 신호허면 튀어나와. 알겠는가? 터미널 안으로 들어가지 말고 승차장으로 바로 가자고."

살아 있어도 살아 있는 목숨이 아니라는 아저씨의 말이 머릿속을 맴돌았다. 지금 지혁이 머릿속이 딱 그랬다. 어떻게 이런 일이 벌어질 수 있단 말인가. 이 시간이면 집에서 뒹굴대다가 라이온스 PC방에 가서 한 게임 하고 있을 시간에 뭔 살인미수범이 되어서 남도 바닥을 흘러 다니고 있느냐 이 말이다.

신사의 품격

일행이 터미널 안으로 들어가지 않고 바로 금호고속버스 앞에 왔을 때 지혁이의 핸드폰이 울렸다. 지혁이는 주위를 급하게 살피고 핸드폰을 확인했다. 형주였다.

"어디냐? 아직 터미널이냐?"

"응……. 터미널 근처."

"근데 왜 이리 속삭여?"

"응, 그럴 일이 있다. 나 잠깐 어디 좀 들렀다 올라갈 거야. 올 필요 없어."

"너, 그러다가는 아주 팔도 유람하겠다."

"그래. 이참에 팔도 유람 좀 하려고 그런다. 끊는다."

기특한 녀석. 지혁이는 병기가 보이지 않아 두리번거렸다. 역시 보이지 않았다. 잘됐다. 빨리 튀어야 하는데. 아저씨한테 돈을 어떻게 달라고 해야 할까?

"학생, 가만 생각해 보니 땅끝에는 내가 오늘 꼭 안 가도 될 것 같기는 혀. 헤헤헤. 이것도 인연인디 학생한테까지 차비 받기도 쪼끔 거시기하고."

"그럼 돈 좀 더 줘 주시든가요."

나머지 돈이 어디 있을까? 저 바지춤에 감춰 두었나?

"그란디 나도 돈이 없어 놔서……. 학생한테 줘 버리면 나도 개털이긴 한데. 집에 가는 여비는 빌려줄 수 있을 것이구먼. 어디…… 보세. 서울 가려면 점심도 사 먹어야 할 테고, 출출하면 쪼까 또 먹어야 할 테고, 내려서 집에까지 갈라면 또 차비가 있어야 할 것이고, 비상금도 있어야 할 테고, 그럴라믄 돈이 조금 있긴 해야겠지? 학생이 개털이라니께 내가 빌려주기는 해야……."

아저씨는 지혁이의 눈치를 보며 바지 안쪽에 있는 주머니에서 돈을 꺼내느라 쭈뼛거렸다. 병기가 어느 틈에 옆에 왔다. 이런, 거머리 같은 놈.

"아자씨, 또 화장실 가고 싶으세요? 쉬 마려운 똥개마냥 바지춤 붙잡고 있게."

병기가 아저씨 바지를 손으로 툭 건드렸다. 그때였다. 저쪽 건

물 뒤에서 경찰들이 걸어왔다. 지혁이는 슬그머니 얼굴을 돌려 눈을 피했다. 아저씨도 경찰들을 보더니 금세 얼굴이 하얗게 굳었다.

"아녀, 아녀. 암시랑토 안 혀. 나도 생각해 봉게 땅끝으로 지금 가야 쓰겄네. 함께 가세."

아저씨는 앞장서서 버스에 후다닥 올라탔다. 지혁이도 아저씨를 따라 헐레벌떡 버스에 올랐다. 병기는 큰 몸을 흔들며 맨 꽁무니로 탔다. 셋은 자리에 앉자마자 납작하게 찌그러졌다. 경찰들이 버스 옆을 지나가고 나자 셋은 동시에 한숨을 푹, 내쉬었다.

"저 잡것들은 시도 때도 없이 사방을 돌아댕긴당게. 심장이 벌렁거려서 죽는 줄 알았네그려."

"저 짭새들은 시도 때도 없이 사람 간을 콩알만 하게 만든다니까."

아저씨와 병기가 투덜거리는 동안 지혁이는 침을 삼키다가 껌까지 꿀떡 삼키고 말았다. 묵직한 게 목구멍에 딱 걸려 버렸다. 지혁이는 얼굴이 노래져서는 가슴을 주먹으로 퍽퍽 쳤다.

"왜 그런당가?"

"껌이……."

아저씨는 허둥지둥 지혁이 등을 손바닥으로 사정없이 두드렸다. 그러자 꺼억, 하고 껌이 내려갔다. 버스가 출발하고 있었다.

"칠칠치 못허기는. 숨 막혀 죽는 줄 알았네그려."

"잠자지 황천 가는 거 붙잡아 왔네, 이거. 아자씨가 잠자지 생명의 은인이 돼 버린 건가? 하하하."

셋은 서로의 얼굴을 쳐다보며 낄낄거렸다.

"근데 넌 왜 이 버스 탔냐? 이 버스 해남 가는 거야."

"아휴, 그 짭새들 때문에 또 버스 잘못 탔네. 너 아직 내 차비도 안 줬잖아. 돈도 없이 나 혼자 어떻게 서울을 가겠냐? 돈 챙겨 가려면 쫓아가야지."

"나두 개털이다. 돈을 찾아야 주든지 말든지 하지."

병기는 웬일인지 지혁이의 말에 대꾸도 하지 않고 창밖을 보고 있었다. 창밖으로 보이던 광주 시내는 얼마 가지도 않았는데 금방 들로 논으로 바뀌었다. 서울보다 남쪽이라 그런지 봄이 일찍 와 있었다. 들에는 새싹들과 푸성귀들이 납작하게 땅에 몸을 숨긴 채 파릇파릇 고개를 내밀고 있었다.

"그런데 저 잡것이 언제부터 학생을 고로코롬 못살게 했당가?"

아저씨는 눈으로 병기를 가리키며 말했다.

"아니에요, 병기."

"저 자식 이름이 변기여? 이름도 해괴허네. 그러면 그 공책에 쓴 것은 뭐여? 누가 면도칼로다가 학생 등을 확, 긁었담서. 죽고

166

싶었담서."

"그거요? 그냥 혼자……."

"참네, 쓰잘데기 없는 걱정을 했구먼. 그래도 뭔 어려움이 있었겠지. 그러니 고런 말을 썼겠지."

"네."

지혁이는 한 마디를 하고 창 쪽으로 몸을 돌렸다.

"나도 죽고 싶은 순간이 많았제. 그래도 내가 말이여. 여지껏 정신 붙들고 사는 이유가 있당게. 그것이 뭔 줄 안당가? 우리 딸내미 다희하고 마누라 때문이여."

"참, 아줌마하고 딸은 왜 같이 안 살아요?"

"요로코롬 기구헐 수가 있을끄나……. 참말로 지랄이여. 끌려갔다가 온 뒤로는 사람 노릇 못 했어. 생각해 보소. 제정신으로 살 수가 있었겠는가. 정신병원에 수시로 들락날락했지. 나를 사람으로 맹근 건 우리 마누라랑게. 근디 기억에서 말이시…… 그 싸가지 없는 것이…… 안 사라지대. 삼청교육대에서 짐승같이…… 당한 것들이 말이여. 자꾸만…… 나타나는 거여. 자꾸만 자꾸만 잊어버리려고 해도 안 되야. 시간이 지나도 안 잊혀져. ……하루는 마누라하고 대판 싸워 부렀어. 산 입에 거미줄 치게 생겼응께. 그날도 엄청 싸운 날이여. 홧김에 나와 부렀는디 집에 불이 났어. ……불이 붙어 가지고…… 우리 다희랑…… 마누라

167

가…… 죽어 부렀네. 하늘로…… 가 부렀당게. 불길이 삼켜 버린 거여. 나 때문에 말이여. 나만 옆에 있었어도 그리 허망허게 가지는 않았을 것인디."

지혁이 기억 속에서도 안 지워지는 게 있었다. 문 없는 담으로 둘러싸인 골목. 자기를 죽이려고 다가오는 곰의 얼굴. 검은 양복 아저씨의 손에 들렸던 번뜩이는 칼날.

"둘 다 하늘로 보내 버리고 내가 무슨 낙으로 살았을 것인가. 웬수 놈의 불만 아니었어도, 그리 되지는 않았을 것인디. 두고두고 죄를 빌면서 살고 있당게. 지은 죄가 없어지지는 않겠지. 낙이 없어서 이러고 산다네. 살아 있어도 산 목숨이 아닌 꼴로 말이여."

아저씨의 눈이 축축하게 젖어 들더니 주르륵, 눈물이 흘렀다.

"마누라가 병원서 마지막으로 나한테 그라대. 꼭 잘 살아 있으라고. 다 잊어버리고 살라고. 정신 차리고 살아야 저승 가서도 눈 감는다고. 그래서 나가 이리 목숨 부지하고 살고 있제. 안 그러면 나도 진즉에 황천길 따라갔을 것이구먼. 이제까지 살면서 내가 깨달은 게 딱, 하나 있어. 함부로 목숨 갖고 해코지하면 안 된다는 거. 자기 목숨이라도 말이여."

앞자리에 앉아 있던 병기는 귀를 쫑긋 세우고 아저씨가 하는 말을 듣고 있었다.

168

"죽은 정승이 살아 있는 개만도 못한 법이여. 학생을 누가 힘들게 하는 것인지는 모르겠지만 말여."

"사실은…… 아버지 때문에 그렇게 쓴 거예요."

"뭐시라? 아버지가 학생 등을 면도칼로 긋는단 말이여? 가정폭력이여?"

"아니, 그게 아니고요. 그런 마음이라는 거죠."

"쯧쯧쯧, 저런, 어째야 쓰까? 학생 아버지도 학생을 힘들게 허는구먼."

"멀리 도망갔어요. 10년도 넘었죠."

"도망갔어? 그란디?"

"그런데 온대요."

"그래도 온다면 좋은 것 아녀."

"왜 와요? 여태껏 소식 한 장 없이 죽어라 힘들게 해 놓고! 사라지기 전에는 툭하면 엄마를 패고 우리들도 못살게 했어요. 형도 아버지 때문에 먼저 갔어요."

"어디로?"

앞에 앉은 병기가 고개를 돌려 지혁이를 보며 말했다. 지혁이는 얼른 대답하기가 힘들었다.

"아버지 때문에 어딜 간겨?"

"죽었어요."

"어이구. 저런."

"이거 이거, 우리 잠자지. 다큐에 나와야 되는 거 아냐? 가정 폭력 일삼던 가장이 다시 가족의 품으로 돌아오다, 뭐 이런 걸로. 골목을 무서워하는 아들은 칼을 휘둘렀지만……."

"저 저, 씨부리는 주댕이를 확, 그냥!"

아저씨가 인상을 팍 구겼고 지혁이는 창 쪽으로 몸을 돌려 눈을 감아 버렸다.

"아니, 아니, 그게, 난 그저 웃자고 한 말이지."

병기의 얼버무리는 소리가 들려왔다. 버스는 남부라는 곳을 지나치고 있었다.

"하이고, 우리 잠자지님 덕에 남도 관광 오지게 하게 생겼네."

"아저씨, 해남 근처에 해수욕장이 어디 있어요?"

"왜?"

"외삼촌 댁이 그 근처예요."

"송호리 근처에 해수욕장이 있는 것 같은디."

지혁이는 핸드폰을 뒤져 다시 외삼촌에게 전화를 걸었다. 받지 않는다.

"나는 눈 좀 붙여야겠네."

"우리, 서울에서 점점 멀어지는 거냐?"

병기가 자리를 고쳐 앉으며 물었다. 어느새 아저씨는 중절모를 얼굴 위에 덮고 쌔근쌔근 자고 있었다. 하여튼 잠 하나는 잘 자는 아저씨다.

초등학교에 입학한 '코찔찔이'였던 시절에 지혁이도 잘 잤다. 하지만 엄마가 낯선 아저씨들에게 미친년이 된 다음부터는 밤에 푹 잘 수가 없었다. 엄마도 아빠처럼 없어질까 봐 전전긍긍했다. 대신, 학교에 가서는 그 모자란 잠을 보충이라도 하듯 공부시간에고 쉬는 시간에고 깜빡깜빡 졸았다. 그래서 초등학교 때는 별명이 '잠만보'가 되었다.

처음에는 선생님도 몇 번 주의를 주었다. 그래도 고쳐지지 않자 엄마를 학교로 불렀다. 엄마는 그날 집에 와서 물었다.

"지혁아, 왜 학교에서 잠을 자?"

"졸리니까."

"집에서 자는데도 또 졸려?"

"응. 엄마 자는 얼굴 보느라 못 자."

"엄마 얼굴을 봤어? 왜?"

"엄마도 아빠처럼 없어질까 봐. 나 혼자 놔두고."

지혁이의 말을 듣고 엄마의 얼굴이 조금씩 일그러지기 시작했다. 엄마는 갑자기 지혁이를 와락 으스러지도록 품에 안았다.

"엄마, 숨…… 못 쉬겠어."

엄마는 지혁이를 꼬옥, 안은 채 울었다. 그때 엄마는 정말 집을 나가려고 했을까. 지혁이는 지금 생각해 봐도 엄마의 아린 마음이 고스란히 다시 느껴졌다.

멀리 푸르게 새순이 나오는 여린 나무들이 보였다. 길가에 늘어서 있는 가로수들은 가지가 잘린 채 서 있었다. 겨울을 견딘 흔적이었다. 그래도 나무들은 죽지 않는다. 팔과 손을 자르고 큰 몸뚱이만 남았지만 쓰러지지 않았으니 아직 죽지 않은 것이다. 나무는 결코 자기 자리를 떠나지 않는다. 몇 십 년 몇 백 년 동안 항상 그 자리를 믿음직스럽게 지킨다. 아버지라면 저 나무들처럼 저래야 하는 거다. 지혁이는 창밖에 서 있는 나무들을 오래오래 바라보았다.

"지구를 몇 바퀴 돌아도 써지는 수지침 볼펜 있어요. 위급상황에서는 수지침으로 쓸 수 있는 만능 볼펜이여라. 오늘은 여기 빗을 공짜로 줘 불라요. 진득허니 보시고요. 찬찬히 보시고 골라도 되니께. 단돈 천 원! 오늘만 특별 할인이랑게요. 헤헤헤."

아저씨는 흔들리는 버스에서도 쓰러지지 않고 용케 잘 버티고 있었다. 맨 앞좌석부터 볼펜을 돌렸다. 창밖으로 잘 차려입은 외국 영화배우가 광고판 안에서 활짝 웃고 있었다. 양주병을 들고 있는 손 위에 광고 문구가 쓰여 있었다.

'신사의 품격'

아저씨의 손에는 외국 영화배우가 들고 있던 양주병 대신 만능 볼펜 다발이 쥐어져 있었다. 아저씨의 품격이었다.

"특별 할인이랑게요. 할인!"

순간, 버스가 심하게 요동쳤다. 아저씨의 손에 들려 있던 볼펜 하나가 떨어져 버스 바닥으로 떼구루루 굴렀다.

"저 잡것이 어디로 굴러간다냐. 저저저, 누가 저것 좀 주워 보랑게요!"

뒹구는 것들은 가장 낮은 곳에서, 하찮고 더럽고 어두운 밑바닥에서 전전긍긍하며 썩게 마련이었다. 아저씨의 외침에도 바닥에서 뒹구는 볼펜에 관심을 갖는 사람들은 아무도 없었다. 아니, 관심을 갖는 인간이 하나 있긴 있었다. 중간에 앉아 있던 한 남자.

"아, 씨벌. 눈 조금 붙일라고 하는데 시끄러워서 눈을 붙일 수가 있나? 아자씨, 아가리 좀 채우쇼!"

"아, 예. 예. 죄송시럽게 돼 부렀소. 지가 요것만 허벌나게 챙기면······."

"오메 니미 시벌. 죽겄네, 시끄러워서."

남자가 벌떡 일어나 걸어오더니 아저씨 멱살을 잡았다.

"아저씨, 귓구멍 잡수셨소? 조용하라니까!"

"어이! 그 손 좀 놓으면 좋겠는데."

중간쯤 앉아 있던 병기가 목소리를 깔았다.

"아녀야, 아녀. 난 괜찮어. 아따따, 손님. 증말 죄송시럽구만이라. 제가…….."

남자가 아저씨를 바닥으로 내동댕이쳤다.

"아쿠쿠."

아저씨의 외마디 소리가 들렸다. 비명 소리와 함께 이상한 냄새가 진동하기 시작했다.

"와우~ 독가스 냄새."

남자가 코를 움켜쥐었다.

"이건 완전 똥방군디."

방귀 냄새가 버스 안을 휘저어 놓았다. 지독한 냄새였다. 버스기사 아저씨가 뒤를 보고 소리쳤다.

"아, 거기 뭐여들? 방구 낀 것들은 확 신고해 버릴 테니. 허가도 없이 방구를 끼고 지랄들이여? 조용히들 하드라고요! 중간에 서 있는 양반들도 앉으시고. 위험하니까."

기사 아저씨의 목소리가 걸걸하게 버스를 흔들었다.

"아따따, 냄새 구수허구먼요. 근디 지가 낀 것이 아니고만요. 헤헤헤."

남자는 아랑곳하지 않고 아저씨를 일으켜 세우고는 멱살을 움켜잡았다.

"존나 웃어라."

"아니, 저 자식이 증말 보자 보자 하니까."

병기가 소리를 질렀다. 뒤쪽에 앉아 있던 지혁이도 더 이상 가만 두고 볼 수가 없었다. 앞으로 저벅저벅 걸어갔다.

"아저씨, 좀 공손하게 사람을 대해야지. 인간적으루다가 말이야. 잡상인은 사람이 아니야?"

"네가 방구 끼었냐? 이놈이 얻다 대고 눈을 똑바로 뜨고 지랄이야, 지랄이. 너도 맞고 싶냐?"

술 냄새가 확 풍겼다. 지혁이가 안주머니에 있던 버터플라이를 쓰윽 꺼내 보여 주며 날선 눈빛을 사정없이 쏘아 댔다. 남자는 순간 눈을 끔뻑거리며 잡은 멱살을 내려놓았다.

"아니, 난 그러니까 그냥……."

남자는 자기 자리에 가서 털썩 앉았다. 버스가 출발했다. 지혁이 앞에 앉아 있던 병기가 뒤돌아보며 씨익, 웃었다. 코를 잡고 자기를 가리키는 걸 보니 방귀는 병기가 뀐 것 같았다.

버스가 출렁거리자 볼펜이 의자 밑으로 떼구루루 굴러왔다. 언제 일어났는지 병기가 볼펜이 뒹구는 쪽으로 걸어갔다. 병기는 의자 밑으로 손을 뻗어 더러워진 볼펜을 잡으려고 했다. 그때 버스가 끼익 하고 섰다. 볼펜이 다시 또르르 지혁이 쪽으로 굴러왔다. 지혁이는 허리를 숙여 바닥에서 뒹구는 볼펜을 손으로 잡았다.

'하여튼 저 자식은 남의 것에 관심이 많다니까. 재수 없는 새끼.'

도둑

아직도 외삼촌한테 연락이 안 된다.

땅끝까지는 앞으로 1시간 남짓 남았다.

오늘은 토요일. 아버지가 오기로 한 화요일까지는 사흘이 남았다.

작은아버지는 미국으로 이민을 갔다. 아버지가 미국으로 도망을 간 다음 해였다. 몇 억은 있어야 갈 수 있다는 투자 이민을 간 거다. 미국으로 간 작은아버지한테 아버지가 자꾸 손을 벌렸다고 한다. 불법체류자로 일을 못 하고 있으니 얼마를 부쳐라, 어떻게 해 달라, 요구를 할 때마다 작은아버지는 아버지를 앓던 이로 생각했다. 마지막으로 아버지가 어떤 여자와 함께 산다는 말을 작은어머니에게 전해 들은 엄마는 윗니로 아랫입술을 깨무는 것밖에 할 수 있는 일이 없었다. 그때도 아버지한테서는 전화 한 통없었다. 엄마는 친척들과 그 후로 연락을 끊고 살았다.

초등학교 2학년 어느 날이었다.

"지혁아. 아빠는 미국에서 사고로 돌아가셨다."

"정말?"

"그렇게 알고 있어. 엄마도 그렇게 생각하고 있으니."

"그럼 진짜로 죽은 거는 아니잖아."

"서로 연락 끊고 모르는 사람처럼 살다가 기억에서 사라지면그게 죽은 거야. 죽는 게 별거냐?"

"……난 아직 다 기억나는데…… 그니까 안 죽은 거지…….."

형은 매번 찾아오는 빚쟁이들을 피해 툭하면 집을 나가 있곤했었다. 공교롭게도 집에 있다가 빚쟁이들을 맞닥뜨리면 형은 대들었고, 빚쟁이들은 형을 때리기도 했고 욕을 하기도 했다. 형은그 시간들을 견뎌 내지 못하고 떠난 거다. 형이 죽고 난 다음 메모장이 나왔다. 아버지에 대한 분노, 무능력한 엄마에 대한 원망과 연민들이 담겨 있었다. 형은 힘든 현실에서 도망가기 위해 죽음을 선택했을까. 지혁이는 형도 미웠다. 형이 죽었을 때에도 아버지하고는 연락이 되지 않았다.

지혁이는 튕겨져 나가고 싶은 순간에도 엄마의 기억에서 사라지면 진짜 죽는 거라는 그 말이 떠올라 매번 궤도 안으로 안착했다. 초등학교 때는 엄마가 자기를 버리고 갈까 봐 전전긍긍했고, 그다음에는 고생하는 엄마가 안쓰러워 전전긍긍했다.

그. 런. 데. 아버지가 온단다.

열이 났다. 머리가 아파 오기 시작했다.

'나도 어쩔 수 없나 봐요, 엄마. 난…… 어쩌면…… 아버지보다 더 이상한 사람이 될지도 몰라요.'

으슬으슬 한기가 들었다. 창밖을 내다보았다. 눈이 부셨다. 커튼을 끝까지 밀어내고 따뜻하고 환한 해를 마음껏 들이마셨다.

"여기가 어디여?"

아저씨 입에는 침을 흘린 자국이 허옇게 남아 있었다.

"산정이래요."

"그럼 다 왔구먼. 학생들, 아까는 정말 고마웠네."

"뭘요."

"내 편을 들어준 사람이 처음이라서 말이여. 헤헤. 그런데 아버지가 미국서 언제 오신당가?"

"화요일에요."

"이틀 남았네. 갑자기 오시기는 하는구먼. 그런데 미국으로 왜 줄행랑을 쳤당가?"

"보험회사에서 일하다가 몇 십억을 날렸어요. 사채까지 끌어다 쓰고 미국으로 튀었어요."

"아따따, 그 양반도. 어째 그리 나 몰라라 하고 도망쳤다냐?"

"여태 전화 한 통 없었어요. 엄마를 그렇게 패 놓고 거기선 어떤 여자하고 살림까지 차리고 살았대요. 엄마는 아버지를 죽은 사람이라고 생각하랬어요."

"눈에 안 뵈면 죽은 거나 똑같어. 맞어. 엄마는 그럴 수 있지. 학생 생각은 어떤디?"

"집이 엉망진창 쑥대밭이 된 게 다 누구 때문인데요. 형도 아버지 때문에 죽었어요."

"아이고, 보고 싶은 맴이 없기는 하겠네. 근디 왜 아버지 때문에 형이 죽은겨?"

"빚쟁이들한테 얻어터진 다음 날이 형 수학여행이었는데…… 중학교 3학년 수학여행이었는데…… 얼굴이 퍼렇게 멍이 들고……."

"그란디?"

"수학여행 가서 사진 찍다가 죽었어요. 전날 나한테 아버지가 준 거라면서 열쇠고리도 맡기고……."

"어허, 저런. 학생! 김밥이여. 한 개만 들어."

김밥이 아직 외투 주머니 안에 있었단 말인가.

"저 배 안 고파요."

광주에 내려오면서 버스 안에서 김밥을 얻어먹고 깊이 잠이 들
어 가방을 도둑맞았다. 다시 김밥을 먹는 건 좀 찝찝한 일이었다.

"돌멩이도 씹어 먹을 나이구먼. 하나 들어 봐. 아따, 참말로 뭐
가 그리 느려 터진 거여."

아저씨는 김밥 두 개를 입에 넣고 우적우적 씹었다.

"화상! 자, 먹드라고."

아저씨는 김밥을 병기에게도 내밀었다. 병기는 반색을 하며 입
안 가득 김밥을 쑤셔넣었다. 지혁이도 그제야 김밥 하나를 집어
먹었다.

"새벽에 산 것이라 암시랑토 안 혀. 먹어도 되야. 아침에 먹은
것도 암시랑토 안 혔잖어."

그럼, 새벽에 먹은 김밥이 멀쩡한 김밥이었단 말인가. 아저씨
는 맛나게 김밥을 먹고 둘째손가락으로 이빨 사이에 낀 김밥 찌
꺼기까지 훑어서 먹었다.

"금강산도 식후경이제. 헤헤헤."

이제 버스는 송호리라는 곳으로 가고 있었다. 땅끝이 가까워지
고 있었다. 아저씨는 볼펜 세트랑 빗 세트를 버스 승객들 무릎에
다시 올려놓았다가 거두어들였다. 차 안에서 선뜻 물건을 사는
사람들은 없었다. 나른하게 퍼져 가는 햇빛이 창틈으로 비쳐 들
었다. 커튼 때문에 그림자가 길게 드리워졌다.

면도날처럼 날선 그림자가 지혁이의 등을 주욱 그었다. 지혁이의 몸뚱이 앞은 해가 들어 환했고, 몸뚱이 뒤는 그림자가 져서 어두웠다. 지혁이의 낡고 오래된 기억들도 그랬다.

치지직거리던 라디오 방송이 간신히 이어졌다.

경기도 **시 **동 뒷골목에서 19일 금요일 밤
**고등학교 2학년 김모 군이 칼에 찔려 쓰러져 있는 것을
미화원 박모 씨가 발견했다는 소식입니다.
중상을 입은 학생은 위독한 상태로 병원에 이송되었다고 합니다.
이 학생은 폭력 조직에 가입한 학생으로
그 근방에서 칼을 휘두르며 금품을 갈취해 왔던 것으로 알려졌습니다.
조직원 학생들끼리의 갈등으로 칼부림을 했던 것으로 보입니다.
김모 군 사건뿐만 아니라 연관된 다른 사건들로
폭력조직에 가입된 학생들 6명이 모두 수배된 상태입니다.
요즘 고등학생들까지 조직 사건에 연루되어 있는 것으로 드러나 우려를 낳고 있습니다.

동네 근처에서 벌어진 사건이었다. 병기가 고개를 돌리더니 지

혁이를 노려보았다. 손으로 입에 지퍼를 채우고 있었다. 너 입 단단히 닫아걸어라. 병기가 도망친 이유가 저거였군. 지혁이는 입을 다물 수밖에 없었다. 머리가 깨질 것처럼 아프고 한기가 들었기 때문이다. 타이어에 박힌 못처럼 가시 박힌 손가락이 욱신거렸다. 40대 남자가 자리에서 벌떡 일어나 소리친 것은 바로 그때였다.

"기사님! 내 지갑이 없어졌어요!"

차 안이 웅성거리기 시작했다. 아저씨는 진작부터 기사 옆자리에 앉아 수다를 떨고 있었다.

"언제 없어졌는데요?"

"광주에서 탄 후로 지갑을 열어 보지 않았어요. 버스에 타기 전에 화장실에 다녀온 것밖에 없어요. 우리 어머니 병원비예요. 꼭 찾아야 합니다."

"그럼 화장실에서 누가 슬쩍한 거네."

"요즘 세상에 누가 현금으로 들고 댕기나?"

"기사님! 일단 지금 이대로 경찰서로 가 주세요"

남자가 허둥대며 운전석 쪽으로 갔다. 참 여러 가지로 꼬인다, 꼬여. 지혁이는 한숨이 나왔다.

"뭐야? 우릴 도둑으로 보는 거야?"

어떤 여자의 목소리가 신경질적으로 들려왔다.

"아따, 고 양반 허리춤에 잘 찔러 넣고 있을 것이제, 쯧쯧쯧. 기사 양반! 나는 시방 경찰서는 갈 수 없고만이라. 워낙 볼일이 많고 바빠 놔서. 난 중간에 내려 주드라고요. 헤헤헤."

아저씨가 기사 옆에서 너스레를 떨었다.

"저 양반 뭐 켕기는 게 있는 거 아냐?"

"아녀요, 아녀요. 암시랑토 안 혀요. 지가 경찰서 문짝만 봐도 속이 영 안 좋아 부러요."

"승객 여러분 죄송스럽지만, 일단 경찰서로 가야겠습니다. 별일 없으면 금방 끝나니까 염려 붙들어 매시드라고요."

아저씨가 지혁이 옆자리로 돌아왔다.

"학생, 일어났는가? 아따 참말로 일이 꼬여부네잉."

"어쩌시려구요?"

"글쎄, 말이여. 거기 가면 난 죽어. 갔다가 확 돌아뿔 것이구먼."

아저씨의 눈빛이 흔들리고 있었다. 손가락을 깍지 껴서 배에 둘렀다가 다시 깍지를 풀어 의자 깊숙이 앉았다가, 그러고는 한숨을 내쉬었다. 지혁이도 병기도 마찬가지였다. 경찰서에 가는 건 위험천만한 일이었다.

"워매, 돌아 불겄는거. 워매, 나 죽겄네. 그란디, 학생! 어디 아프당가?"

"머리가……."

"워매, 이마가 불덩인디……. 말도 안 하고 이게 뭐다냐? 거, 기사 양반! 이 학생이 많이 아픈데 경찰서 가기 전에 약국 앞에 쪼까 세워 주쇼!"

"학생이 아프다고요?"

지혁이 몸이 사시나무 떨리듯 떨렸다. 날갯죽지가 뜨겁고 머리가 아팠다.

"빨리 세우잖게요! 우리 학생 다 죽어 간단 말이요!"

"아, 약국이 나와야 서지요. 조금만 기다리세요."

약국은 큰길가에서 조금 떨어진 곳에 있었다. 아저씨가 지혁이 귀에 소곤거렸다.

"학생, 나랑 함께 내리세."

아저씨는 지혁이를 부축하고 앞으로 갔다. 병기도 슬며시 따라나섰다.

"아자씨, 아픈 학생을 뭐 할라고 데리고 가요? 혼자 빨리 다녀오셔야지."

"같이 다녀오면 안 되겠소? 약사 양반이 직접 보고 약을 짓는 게 나을 것인디."

"한꺼번에 내리면 안 되지요! 따라나선 학생은 또 누구야?"

"아, 이 웬수는 왜 아무 때나 따라나선당가?"

아저씨가 병기를 보며 인상을 찌푸렸다.

"저도 경찰서 못 가요. 사정이 있어서."

병기가 머리를 긁적이며 속삭였다.

"다는 못 내리니까 아저씨만 퍼뜩 댕겨오쇼."

"누구를 지금 차에서 내리게 한다는 말입니까?"

"그러게 말이야. 그럼 나도 내릴라네."

"도둑이 누군 줄 알고. 한 명도 못 내리게 해요!"

차 안은 순식간에 도떼기시장처럼 시끌벅적해졌다. 셋은 다시 자리로 돌아왔다.

"아무래도 전 못 움직일 것 같아요. 아저씨나 가세요."

지혁이는 휘청거렸다. 머리가 욱신거리고 입에서는 단내가 확 확 올라왔다.

"외삼촌 집이 해남이라고 했지? 잘 찾아 들어가드라고."

"연락이 안 돼요. 전화번호 바뀌었나 봐요."

지혁이의 힘없는 목소리가 새어 나왔다.

"어허, 이런 오살헐."

아저씨가 앞으로 가서 내리려고 하자 여기저기서 항의가 또 빗발쳤다.

"한 명도 여기서 못 내려!"

"그렇지."

"다 같이 살고 다 같이 죽어야지."

"뭣이라고라? 지는 경찰서 못 가부러요. 거기 가면 지가 숨맥혀 죽는당께요."

"뭔 개뼉다구 같은 소릴."

의자에 앉아 있던 남자 승객이 아저씨의 팔을 잡아챘다. 아저씨도 남자 승객의 팔을 잡고 늘어지자 둘이 엉겨 붙었다. 지혁이는 버스에 올라탄 후부터 죽 뭔가를 참고 있었다. 옴짝달싹 못 하게 하는 버스 안에서의 숨막힘을. 불안감이 점점 공포로 변하고 있었다. 사람들로 웅성대는 버스 안이 마치 막다른 골목 같았다. 서로 잡아먹으려고 으르렁대는.

"저 양반은 왜 나가려고 난리야? 가만히 있다가 경찰에 가서 조사만 받으면 되는데."

"혹시 알어? 조사 받고 나오면 해장국이라도 한 사발씩 나눠줄지."

버스 안은 다시 소란스러워졌다.

"학생 몸이 불댕이란 말이여!"

아저씨가 기사에게 가서 한 번 더 소리치자 기사가 약국으로 들어가는 골목 입구에 차를 세웠다.

"얼른 가서 약 사 오쇼. 아픈 사람 먼저 살리고 봐야지."

기사가 재촉하는 소리를 듣고 아저씨는 지혁이에게 가서 보통이를 건넸다.

"학생, 나한테는 요것이 내 전 재산이지만 자네에게 주네. 팔면 돈이 조금 될 것이구먼. 그리고 여기 해열제 들어간 감기약이구먼. 나는 경찰서 못 가 부네. 물도 여기 놔둘 텡께. 나는 가네. 병기야, 학생 잘 돌보더라고."

"아이, 진짜 재수 겁나게 없네. 나도 경찰서 가면 안 된다니까요."

"여기 안주머니에도 넣어 둔 것이 있응께 이따 꺼내 보드라고. 약, 꼭 먹고. 그럼 잘 살드라고."

아저씨는 지혁이 잠바 안주머니에 뭔가를 넣었다. 아저씨가 헐레벌떡 버스에서 내렸다. 지혁이는 머리를 창에 기대고 있었다. 아저씨는 골목으로 들어가기 전에 뒤돌아서 지혁이를 보았다. 아저씨와 지혁이는 천천히 눈빛을 주고받았다. 아저씨가 모퉁이로 사라지자 지혁이는 이가 빠진 것처럼 허전했다. 아저씨가 준 약을 털어 넣고 물을 삼켰다. 목이 쓰라렸다. 한기가 들어 오들오들 떨렸다. 병기는 어느 틈엔가 지혁이 옆자리로 와서 앉아 있었다. 아저씨가 돌아올 시간이 지났는데도 오지 않자 버스 안이 다시 웅성거리기 시작했다.

"쫌 전에 튄 놈이 도둑이네."

"그 돈 우리 어머니 수술비예요, 기사님."

"분실 사건이 발생했으니 경찰서는 여기서 멀고 일단 파출소에라도 들렀다가 가야겠습니다."

기사가 말하자 승객들은 다시 투덜대기 시작했다.

"뭐 때문에 우리가 파출소를 간단 말이요?"

"맞아요! 우리가 도둑이야? 뭐야?"

차 안은 금세 소란스러워졌다. 그때 소란스러움을 잠재우기라도 하듯 번쩍, 마른번개가 쳤다. 천둥이 울었다. 지혁이는 뜨거운 머리를 들어 창밖을 힘없이 바라보았다. 골안개처럼 뿌연 비구름이 몰려왔다. 먹구름에 가려 하늘이 새카맸다.

우지끈! 우르르릉! 하늘이 갈라지는 소리가 들렸다. 쫘악! 쫘악! 비가 쏟아졌다. 창밖 풍경들이 빗속에서 흐려지다가 뭉개졌다. 바다 위로 빗물이 내리꽂혔다. 하늘에서 작은 칼들이 바닷속으로 곤두박질치는 것만 같았다. 물이 물을 빨아들였다. 지혁이턱이 자기 마음대로 덜덜 떨렸다.

"일단 제일 가까운 출장소에라도 가 봐야겠습니다."

10분쯤 가다가 기사는 차를 세웠다. 잠시 후 기사가 경찰과 함께 버스로 올라왔다. 병기는 투덜거리며 머리를 가슴 쪽으로 깊숙이 숙이고 머리카락을 손으로 헝클어뜨렸다.

"일단 승객 여러분들께 죄송하다는 말씀 전해 드리겠습니다. 죄송하지만 모두 그 자리에서 일어나 복도 쪽으로 나와 주시면 감사하겠습니다."

지혁이는 일어설 수도 없을 만큼 온몸이 떨리고 한기가 들었다. 세상이 빙글빙글 돌았다. 경찰이 다가왔다.

"학생, 무슨 일인가?"

경찰은 차가운 눈빛으로 지혁이를 쏘아보았다.

"무슨 일은 없고요. 제가 지금 아파서……."

"아프다고?"

경찰은 지혁이가 덜덜 떠는 것을 보더니 몸을 숙여 이마를 짚어 보았다.

"열이 많이 나는데."

"네……."

"그럼, 학생은 일단 앉아 있어."

경찰은 지혁이 몸을 대충 수색하고 나서 승객들의 소지품을 하나하나 뒤지기 시작했다.

"도깨비 기왓장 뒤지듯이 꼼꼼히도 허네."

시끄럽게 떠들어 대던 사람들은 한 줄 한 줄 차례차례 자기 순서가 될 때까지 긴장한 얼굴로 기다렸다.

"진짜 도둑은 놓쳐 버리고 이게 뭐야?"

"글쎄 말이에요."

아저씨가 정말 범인일까. 머리가 다시 아팠다.

"승객 여러분, 이제 자리에 앉으셔도 됩니다. 다 살펴보았지만 돈은 나오지 않았습니다. 아까 약국 앞에서 도망친 남자가 있었다고 하는데 그 남자가 도둑으로 의심됩니다. 하지만 지금은 행방이 묘연하니 일단 용의자로 기록해 두겠습니다. 그럼 가시던 길 편안히 가시고 협조해 주셔서 감사합니다."

경찰은 경례를 하고 버스에서 내려갔다.

"그자가 틀림없어. 어째 행색도 이상하다 했더니……."

"거지들이 삼촌 하고 부르면 몽땅 따라붙을 얼굴이드만. 눈속임하려고 기사님한테 이것저것 물어보는 척한 거야."

지혁이 얼굴이 점점 굳어지기 시작했다.

"아니에요. 그 아저씨는 도둑이 아니라고요."

앞자리에 앉은 아주머니가 그 소리를 들었다.

"아휴, 학생은 순진해서 뭘 몰라. 그 사람 잘 모르는 사람이라며."

"아니에요……. 그 아저씨는 도둑이…… 아니라고요."

지혁이는 다시 한번 힘없이 중얼거렸다. 아무도 그 말을 알아듣지 못했다.

"생긴 거 봐. 뭐가 잔뜩 뒤틀린 얼굴이었어. 그 모자는 또 왜 그렇게 더러워."

"물건이나 파는 행상꾼인데 오죽하겠어. 눈썰미로 돈 있는 사람을 알아채고 슬쩍했나 봐요."

지혁이는 사람들이 아저씨를 도둑으로 몰아가는 것을 듣고 있자니 점점 머리끝까지 화가 치밀었다. 그때 옆에 앉아 있던 병기가 소리를 질렀다.

"에이, 씨발! 그 사람 도둑 아니라니까!"

버스에 있던 사람들은 놀라서 병기를 힐끗 보았고 수군거리기 시작했다.

"글쎄, 아까는 모른다고 잡아떼더니만 이제는 도둑이 아니라고 하네."

"저 학생들도 혹시 한패 아니야? 그놈하고."

바로 앞자리에 앉아 있던 아주머니가 기사한테 슬며시 갔다. 아주머니는 기사에게 뭐라고 속삭이고는 병기와 지혁이 눈치를 보면서 자기 자리에 가서 앉았다. 병기는 잇새로 침을 탁 뱉으며 말했다.

"졸라 선입견은 많아 가지고. 지들 눈에 안 차면 다 범죄자지. 씨발, 지들은 존나 깨끗하게 살았나?"

창 너머로 시퍼런 바다가 꿈틀거렸다. 버스가 땅끝에 도착했다. 기사가 성큼성큼 병기와 지혁이 자리까지 왔다.

"학생들, 승객들이 학생들을 도둑놈이랑 한패라고 하는데 지금 파출소에 같이 가 봐야겠네."

"네에? 저…… 그 아저씨 잘 모르는 사람이에요."

지혁이는 열이 올라 벌겋게 상기된 얼굴을 들어 말했다.

"글쎄, 아까 그 사람이 도둑이 아니라고 사람들한테 욕까지 했다면서."

"겉모습만 보고 도둑이라고 씨부리는 놈들이 개이상한 거 아닌가?"

병기가 인상을 구기며 말했다.

"그 아저씨…… 잘은 모르지만 나쁜 사람은 아닌 것 같았어요. 생긴 게 이상하다고 자꾸 도둑이라고 의심하니까……."

벌벌 떠는 지혁이를 보고 기사가 이마를 짚어 보았다.

"아이구, 학생! 펄펄 끓잖아. 많이 아픈 모양인데 진작 말하지 않고. 이러고 있으면 큰일 나겠네! 파출소고 뭐고 빨리 병원엘 가야겠는데."

"……약 ……먹었는데요."

기사는 얼른 버스 문을 열고서 승객들에게 말했다.

"손님 여러분, 안 좋은 일로 도착 시간이 늦어져서 죄송합니다. 그럼 안녕히, 목적지까지 편안히들 가시기 바랍니다. 학생이 많이 아픕니다."

"뭐예요? 기사님, 저 학생들, 파출소까지 데려가기로 해 놓고."

돈을 잃어버린 남자가 험상궂은 얼굴로 눈을 부라렸다.

"파출소 꼭 가야겠습니까?"

"그럼요. 가야지요. 그 돈이 어떤 돈인데. 조금 아프다고 도둑을 보내면 저는 어떻게 하라고요?"

"그 양반, 참네. 돈을 어떻게 간수해 가지고 이리 많은 사람 고생하게 한다냐? 아까 경찰이 다 조사했잖소."

"무슨 소리요. 빨리 갑시다."

지혁이 가슴이 두방망이질 쳤다. 파출소에 갔다가는 불곰처럼 생긴 놈을 찌른 것 때문에 잡힐 것만 같았다.

제발……

"그건 불법입니다. 버스에서 잃어버렸다는 확증도 없습니다. 수색도 불법이었는데 아무 이유 없이 버스 승객을 파출소까지 연행한다니 말이 안 됩니다. 일단 112에 신고를 하시고 후속조치를 취하세요. 승객을 볼모로 잡고 이렇게 행동하는 건 더 이상 참을 수가 없네요. 이제 내리겠습니다."

말끔하게 생긴 남자가 조리 있게 말하자 돈을 잃어버린 남자는 얼굴이 붉으락푸르락했지만 더 이상 할 말이 없었다.

"아유, 속이 다 시원하네. 검사 양반인가?"

"그래, 불법이야, 불법."

"맞는 말이에요. 우리가 도둑도 아닌데 지금 경찰서로 왜 끌려

간다요? 그리고 저 양반 어디서 돈을 잃어버린 줄도 모르고 우리를 이리 힘들게 할 권리가 없지."

기사 아저씨가 열이 펄펄 끓는 지혁이를 부축해 주었다.

"학생, 미안하네. 이렇게 아픈데. 혹시 시장하면 정류장 옆 골목에 남도 해장국집이라고 있는데 거기로 가 보게. 단골인데 방이 따셔. 아줌씨 맴은 더 따시고."

"네. 감사합니다."

병기는 얼굴이 벌겋게 상기된 채 지혁이 뒤를 따라 내렸다. 지혁이는 정류장 의자 위에 힘없이 누웠다. 잠바 안주머니에 뭐가 만져졌다. 꺼내 보니 5만 원짜리 한 장이 꼬깃꼬깃 접혀 있었다. 아저씨가 넣고 간 것이었다.

"괜찮냐? 약국이라도 가자."

"……."

지혁이는 가방을 머리에 베고 누웠다. 스르르 눈이 감겼다. 가방에 매달린 나비 모양의 열쇠고리가 차르락 소리를 내며 대롱거렸다. 형이 마지막으로 준 열쇠고리였다. 멀리 교회 차에서 흘러나오는 찬송가 소리가 요란하게 귀를 파고들었다.

복되고 즐거운 하루하루~ 하늘에서~

눈을 부릅뜨고 하늘을 보았다. 정류장 옆에 서 있던 느티나무에서 마른 나뭇잎 한 장이 소리 없이 떨어져 내리고 있었다.

그래도 아버지였잖아

"가만 좀 내버려 두란 말이야!"

지혁이는 나지막한 소리를 내며 깨어났다. 눈가가 젖어 있었다.

"학생! 정신이 들어?"

걱정스러운 표정으로 지혁이를 내려다보고 있는 아주머니 얼굴이 보였다. 고개를 들었다. 이마 위에 있던 물수건이 떨어졌다. 천장이 한 바퀴 빙글 돌았다. 눈을 뜨고 자세히 보니 방 안이었다. 기사 아저씨가 말했던 남도 해장국집. 간신히 무거운 몸을 이끌고 병기와 식당을 찾아 들어왔던 것까지 생각났다.

"열이 40도 가까이 돼. 그런 몸을 해 가지고 어디를 고렇게 싸

돌아댕기는 거야? 집은 어디야?"

"……서울이요."

병기가 대신 대답했다.

"아픈 몸으로 뭐 할라고 땅끝에 왔어? 쯧쯧쯧, 큰일 날 뻔했네. 일어나서 약 좀 먹어 보드라고."

"저, 약 먹었는데……."

관자놀이가 욱신거렸다. 팔다리도 쑤셨다.

"아까 기사 양반한테 전화 왔어. 학생들 오면 잘 챙겨 주라 하대. 버스에 도둑이 들어 돈 훔쳐 갔다면서? 학생들이 괜히 의심 받았다고 하던데. 오거든 아프니까 잘 봐 달라고 말이야."

"약 먹었으니까 괜찮아질 거예요."

아주머니는 혀를 끌끌 차며 나갔다. 바지 주머니에서 핸드폰을 꺼냈다. 배터리의 눈금이 이제 하나밖에 남지 않았다.

"약 사다 줘?"

벽에 기대 앉아 있던 병기가 말했다.

"아니야, 너도 바깥으로 돌아다니는 거 위험해. 수배 때린 거 몰라?"

"그렇지……."

"그러니 가만있어. 약 먹었으니까 괜찮아질 거야."

찡그려 감은 눈 사이로 도마에 칼질하는 소리들이 들려왔다.

구수한 냄새들도 문틈으로 흘러 들어왔다.

톡! 톡! 톡! 또각또각, 딱! 딱! 딱!

초등학교 시절, 새벽녘 엄마의 도마질 소리도 저렇게 경쾌하게 귓가에 부딪쳤었다. 아침마다 들려오던 도마질 소리는 엄마가 집을 나가지 않았다는 표시였다. 잠이 덜 깨 감은 두 눈 사이로 물이 쏟아지는 소리가 와서 부드럽게 부딪쳤다. 쌀 씻는 소리가 와서 토닥였다. 그럼 아침이구나, 생각하며 안심했다.

프라이팬에서 달구어지던 기름 냄새. 매일 올라오는 달걀 프라이였지만 다른 반찬보다도 좋았다. 반숙으로 완전히 익지 않은 노른자를 입안에 넣고 씹으면 고소함이 주르륵 번졌다. 달걀 프라이는 엄마가 영원히 곁에 있을 것 같은 기쁨의 맛이었다. 황량했던 시절, 사막의 오아시스 같은 맛이었다.

치이익, 달걀이 기름에 익어 가는 향긋한 소리. 그 소리가 좋았다.

하지만 엄마가 새벽에 식당 일을 하기 시작하면서 마지막 남은 행복도 사라졌다. 엄마는 지혁이가 눈을 뜨기도 전에 집을 나섰다. 눈을 떠 보면 온기 없는 이불만 덩그러니 놓여 있었다.

엄마는 언제 집을 나간 걸까? 밤에 안 돌아오고 영영 가 버린 건 아닐까. 지혁이는 아침도 못 먹고 지각하기 일쑤였다. 밤늦게 엄마가 돌아올 때까지 불안한 마음에 손톱을 물어뜯거나 껌을 씹었다. 손톱이 너덜거리자 껌을 너덜거리게 씹는 버릇이 생겼다. 아침에 또각, 또각, 도마 위에서 칼질하는 소리가 들려오지 않게 되고, 달걀이 기름에 익어 가는 듣기 좋은 소리와 냄새가 사라지자 지혁이는 꼬챙이처럼 마르기 시작했다. 지혁이는 엄마의 도마질 소리를 들으며 자랐던 것이다.

밖에서 들려오는 도마질 소리가 마음을 편안하게 해 주었다.

"학생, 이것 좀 들어 봐. 죽이야. 얼른 기운을 차려야지. 형은 나가떨어졌네."

병기는 방구석에서 코까지 골며 자고 있었다.

"이거 안 시켰는데."

"형이 시켰어. 어여 먹드라고."

"고맙습니다."

아주머니가 나가고 가까스로 혼자 일어났다.

도둑은 따로 있어……. 내가 아니야. ……아버지……. 나는 초등학교에 입학할 때였어. 막 세상에 눈 뜬, 누군가의 보살핌이 필요한 나이였지. 그래도 아버지는 세상이 어떤 거라는 걸 알 만한 나이였다고. 난 아버지 아들이었다고. 아버지는…… 그래도 아버지였잖아. 지혁이가 들고 있던 숟가락이 부르르 떨렸다.

"난 강도가 아니라고. 음냐 음냐."

구석에 벌러덩 드러누운 병기가 웅얼거리며 잠꼬대를 하고 있

200

었다. 가구가 없어 휑뎅그렇한 식당 방 안에 힘없는 목소리가 벽을 타고 돌아서 울렸다. 식탁 위에서는 죽이 식어 가고 있었다. 합판으로 짜 맞춘 것이 아니라 진짜 나무로 만든 식탁이었다. 오래된 나무의 결이 고스란히 드러나 있었다. 크거나 작은 시간의 흔적들이 둥그렇게 또는 길게 새겨져 있었다.

지혁이는 한 손으로 턱을 받치고 다른 손으로 죽을 한 숟가락 떴다. 간신히 목구멍 안으로 죽을 밀어 넣었지만 속이 울렁거려 도저히 더는 먹을 수가 없었다. 덜덜덜 떨리는 몸으로 방을 나왔다. 식당은 테이블이 네 개밖에 없는 작은 가게였다.

"화장실이 어디예요?"

"밖으로 나가서 왼쪽으로 가면 나올 거야."

문을 열자 비린내가 사정없이 달려들어 배 속을 뒤집어 놓았다. 물 냄새와 비 냄새, 돌 냄새 그리고 생선 냄새가 비릿하게 하나로 섞여 코를 뚫고 들어왔다. 비린 생선 국물을 통째로 한 사발 들이켠 것 같았다. 간신히 발걸음을 옮겨 화장실 문을 열자 오물로 찌든 화장실 냄새와 비린내가 섞여 들어와 또다시 배 속이 꿀렁, 소리를 내며 흔들렸다. 소화되지 않은 김밥 한 덩이를 토했다. 물 같은 것을 더 토하고 나서 밖으로 나왔다. 지혁이는 담벼락을 더듬어 걷다가 가게 처마 밑에 웅크리고 앉았다.

눈앞 저만큼 바다가 있었다. 소금기를 잔뜩 머금고 있는 안개

와 흰 파도가 바람과 함께 뒤섞여 몸을 뒤치고 있었다. 구불거리는 바다의 깊은 주름. 시간조차 삼켜 버릴 것 같은 거대한 물. 비를 맞으며 갈매기 한 마리가 끼룩끼룩, 바다와 가깝게 날고 있었다. 땅의 끝이고 바다의 시작인 곳, 바다의 끝이고 땅의 시작인 곳이었다. 나의 끝과 시작은 어디일까, 지혁이는 생각했다. 추웠다. 턱이 덜덜 떨렸다. 혼자다. 가진 건 아무것도 없다.

투둑 투두둑, 천천히 끊어질 듯 끊어질 듯 빗줄기가 이어졌다.

오늘 서울 올라가기는 힘들 텐데 잠은 어디서 자지? 아저씨가 준 약을 먹었는데도 열이 왜 안 떨어지는 걸까? 죽을병에 걸렸나? 약국 앞에서 사라진 아저씨는 어떻게 되었을까? 아저씨가 정말 도둑일까?

콜록, 기침이 터져 나왔다. 목이 따끔거렸다. 위이잉, 진동으로 해 놓은 핸드폰이 주머니 안에서 울렸다. 형주였다.

"어디냐? 나 지금 학교 수업 끝났다. 몇 시에 도착이냐? 오늘 알바는 갈 수 있냐?"

"나 오늘 못 가. 여기 땅끝이다."

"뭐? 땅끝? 거기가 어딘데?"

"해남. 전라도."

"전라도 땅끝? 서울로 올라온다며? 무슨 일이야?"

"말하려면 길어. 나 지금 아프다."

"거긴 왜 갔어? 어디가 아픈 거야? 약은 먹었냐?"

"응, 병기랑 같이 있다."

"헐! 무슨 소리냐? 그 개망나니랑 왜?"

"올라가서 얘기해 줄게."

"그 쓰레기한테 당한 거야? 걔가 거기 왜 있는 거냐고? 내가 내려갈까? 아무래도 안 되겠다. 땅끝이라고 했지? 아무리 빨리 가도 지금 출발하면 저녁 늦게나 도착할 텐데…… 약이나 사 먹고 있어라. 참, 돈도 털렸다고 했잖아. 어쩔래? 어휴, 짜식! 자~ 알 하신다. 몸도 시원치 않은 주제에 온갖 개폼은 다 잡고 거기까지 왜 간 거냐. 그 개떡 같은 쓰레기는 거기 왜 같이 있어?"

"얘기하려면 길어. 만나서 얘기해 줄게."

"인마, 자꾸 만나서 얘기해 준다더니 네 상황은 왜 점점 더 안 좋아지냐? 기다리고 있어라. 조심하고."

형주가 금방이라도 전화기 바깥으로 튀어나올 것만 같았다. 터져 나오려고 하는 기침을 꿀꺽 삼켰다. 무릎 위에 포갠 팔이 점점 더 떨려 왔다. 추녀 끝에서 떨어지는 빗물의 속도에 맞춰 툭, 툭, 투둑, 머리 전체가 울렸다. 최대한 몸을 접고, 벌레처럼 온몸을 떨며 웅크리고 있었다. 허기진 등을 펼 수도 없었고, 고개를 들 수도 없었다. 뭔가가 가슴팍을 딱딱하게 누르는 게 있었다. 안주 머니를 더듬었다. 버터플라이였다. 버터플라이를 꺼내 손바닥에 올려놓았다. 눈에 힘을 잔뜩 주고 버터플라이를 노려보았다.

……엄마.

지혁이는 엄마를 생각하니 죽고 싶기도 하고 살고 싶기도 했
다.

한기가 들었다. 그때 누군가가 천천히 걸어오는 소리가 들려왔
다. 버터플라이를 안주머니에 다시 넣었다. 가시 박힌 왼쪽 손가
락이 아팠다. 누르스름하게 곪아 있었다. 엄마가 늘 하던 말이 생
각났다.

곪은 것은 곪게 내버려 둬라. 중간에 손대면 새살도 돋지 못하
고 곪지도 못하고 어중간해져 버려. 모든 일이 다 그래.

찔걱거리는 소리를 내며 검은 장화가 멈춰 섰다. 낯익은 검은
장화. 지혁이는 게게 풀린 눈에 잔뜩 힘을 주고 천천히 고개를 들
어올렸다. 제일 먼저 눈에 들어온 건 외투 끝자락에 달라붙어 있
는 껌이었다. 새벽에 버스에서 김밥을 먹을 때 손에 들고 있다가
없어졌던 껌. 네가 아저씨를 나한테 데리고 왔냐? 힘없는 눈동자
에서 눈물이 톡 떨어져 작은 물웅덩이로 떨어졌다. 눈물은 빗물
에 섞여 들어 사라졌다. 지혁이는 고개를 들어 올려다보았다.

"학생! 괜찮은겨? 워매, 어쩌나. 뭔 일이당가?"

아저씨는 기겁을 했다.

"언능 가세."

지혁이는 다리가 휘청거려 다시 주저앉았다. 아저씨가 지혁이 어깨를 부축해 주었다.

"아저씨 전 재산, 잘 맡아 두었어요."

지혁이는 힘없이 웃음을 흘렸다.

"보퉁이 말이여? 그려그려. 잘혔네. 차에서는 쓰잘데기 없는 고생 안 했지?"

고개를 간신히 끄덕였다. 아저씨가 와 주었다. 도둑이 아니라 아저씨가. 코끝이 매웠다. 눈앞이 금방 뿌옇게 흐려졌다. 찔걱거리는 아저씨의 오래된 장화와 지혁이의 낡은 운동화가 나란히 바다 옆을 지나 골목 어귀로 들어갔다. 우산도 없이 서로 기대며 흩날리는 보슬비를 맞았다.

"어떻게…… 된 거예요?"

"어떻게 되긴. 약국 골목으로 들어가 삼십육계 줄행랑을 쳤제. 그 사람은 뭐 때문에 버스에서 하필 돈을 잃어버리고, 사람들을 힘들게 했는지 모르겠네. 안 그랬으믄 학생도 이렇게 고생 안 했을 것인디."

"왜 집으로 안 가고 이리로 오셨어요?"

"워메 서운헌거. 내가 함께 간다고 큰소리쳤는데 그냥 돌아설 수가 있는가? 더군다나 아픈 것을 뻔히 아는디? 혼자만 살겠다고 가겠는가? 헤헤헤. 그리고 꿔 준 돈도 받아야지. 연락처도 모르는데."

"아저씨가 주머니에 넣고 가셨죠? 오만 원."

"그려. 혹시 급허게 돈 필요할까 봐 그랬지. 아는 사람두 없고 돈까지 없어 보랑게. 병기는 개코고 말이여."

"저 때문에 다시 온 거예요?"

"내 개인적인 사정도 있고 말이여. 흐흐흐. 아참, 고건 고것이고. 내가 준 약 먹었는가?"

"네."

"참말로 미안하구먼. 내가 준 것이 감기약인 줄 알았는데, 알고 봉께 설사약이더란 말이시. 아까는 하도 정신이 없어 놔서 감기약인 줄 알고 덜컥 손에 쥐어 주고 갔어. 핑허니 가서 약 좀 사와야 쓰겠네."

"그런 줄도 모르고…… 어쩐지 이상하게 열이 안 떨어지더라고요. 죽을병 걸린 줄 알았잖아요."

지혁이는 엷게 웃었다. 아저씨 부축을 받고 남도 해장국집으로 들어갔다. 문을 열자 식당 아주머니가 놀라며 둘을 맞았다.

"아따, 학생. 하도 안 들어와서 똥뚜깐에 빠진 줄 알았어."

"죄송해요."

"죄송하긴. 근데 아버지셔?"

아주머니는 아저씨를 눈짓으로 가리키며 물었다.

"허허허."

아저씨는 웃었다.

"……."

지혁이도 말없이 웃었다. 아버지……. 너무 오랜만에 들어 본 단어였다.

"얼른 뭘 먹어야지요. 아들이 암것도 못 먹어서 말이 아니라고 요. 아버지가 되어 가지고 아들을 저리 내뿔고 어디를 갔다 왔어 요?"

"요 앞에 댕겨 왔지라. 아줌씨 우리 전복죽허고 된장찌개 하나 주씨요."

아저씨는 지혁이를 방으로 들여보내고 식당 문을 나섰다. 아저 씨를 본 병기는 눈이 휘둥그레졌다.

"저 아자씨가 웬일이래? 안 발랐어?"

"너처럼 의리 없는 사람인 줄 알았냐?"

방바닥을 손으로 만져 보았다. 따뜻했다. 지혁이는 상 옆에 쓰 러지듯 누웠다. 졸음이 밀려왔다. 깜빡 잠이 들려고 하는 순간, 신발 벗는 소리가 요란하게 들렸다. 아저씨가 방문을 열었다. 손 에는 약봉지를 들고 반짝이는 눈을 하고. 항상 눌러쓰고 있던 때 에 절어 있던 중절모는 어느새 벗고 있었다. 외투 주머니에 구겨 넣은 중절모가 삐죽 나와 있었다.

"학생! 여기 약 빨랑 먹어 보소."

"아자씨, 오랜만이네요. 헤헤헤."

병기가 웃었다.

"그려, 화상 오랜만이네. 학생, 얼른 일어나서 이 약 먹어 보드라고!"

"아자씨, 증말 착하시네요잉. 잠자지 약까지 사 오시고. 내 거는 뭐 안 사 오셨나?"

지혁이는 일어나 앉아 물끄러미 아저씨를 바라보았다.

"그런데…… 왜 저를…… 이렇게."

"아따, 뭐시 고로코롬 궁금하다냐? 얼른 약 먹으랑께."

아저씨는 약봉지를 손으로 찢어서 지혁이 앞에 내밀었다. 아저씨의 손톱은 아직까지 더러웠다. 아저씨가 내미는 약을 입안으로 털어 넣고 물을 마셨다. 꾸르르륵, 목구멍을 타고 물이 내려가는 소리가 들렸다.

"소리 한번 겁나게 크구먼. 허허허."

아저씨는 지혁이 이마에 손을 갖다 댔다.

"펄펄 끓어. 밥 먹고 우리 따끈한 방구들에 몸을 좀 지지드라고."

전복죽과 된장찌개를 들고 아주머니가 들어왔다. 아저씨는 죽 그릇을 지혁이 쪽으로 놓아 주었다. 오늘만 벌써 아저씨에게 두 번째 밥을 얻어먹는 중이었다. 아저씨는 자꾸만 떼어 내도 붙어 버리는 자석처럼 지혁이를 떠나지 않고 머물러 주었다.

"변긴지 똥인지는 뭐여? 왜 하루 죙일 학생 꽁무니만 쫄쫄 따라다니는겨?"

"따라다니는 게 아니라 질긴 뭐가 있는 거지요. 야와 나 사이에. 그걸 인연이라고 하지, 아마."

"진짜 말 한번 잘허네잉. 친구도 아닌 것 같고 왜 자꾸 치대는 거여?"

"애는 나한테 줘야 할 걸 주고, 지는 받아야 할 걸 받는 것뿐이라고요. 채무 관계."

뜨거운 된장찌개를 후후 불어 가며 병기가 말했다.

"뒈질 것처럼 아플 때에는 돈보다 옆에 있어 주는 사람이 더 중한 벱이여."

아저씨의 한쪽 볼에 허옇게 피어난 버짐이 보였다. 지혁이는 식탁에 팔을 고이고 퀭한 눈으로 아저씨를 보았다.

"왜 그러시는데요?"

"뭐시? 뭐시 왜 그려?"

"왜 저를 도와주느냐고요?"

"흐흐흐. 돕긴 뭘 도와!"

"도망갈 수도 있었잖아요."

"도망? 내가 왜 도망을 간당가? 잘못한 것도 없는디."

"그래도 저를 도와줄 이유는 특별히 없잖아요."

아저씨는 된장찌개 그릇에 숟가락을 집어넣다 말고 지혁이를 똑바로 보며 말했다.

"……사실 집으로 갈라고 했지. 그란디 눈에 밟히드랑께. 죽은 동생이 말이여. 우리 부모 일찍 돌아가시고 내가 공부 가르치던 동생이었제. 그란디 갸가…… 그날, 21일에 죽었어. 80년 12월 21일. 도청에서 5월에 사람들 수도 없이 디져 불고 그런 지옥이 어디 있당가. 학생을 탁 보는디 꼭 우리 동생 같드라고. 비쩍 마른 몸에 눈 큰 것이. 딱 학생 때여. 고등학교 2학년. 죽은 몸땡이를 보았제. 너덜거리는 팔뚝을, 두 쪽으로 쪼개진 턱을……. 허허허, 니미 씨벌놈들. 사고라고 하드마. 왜 하필 그날 우리 동생을 시내에서 만났는지 몰라. 왜 그날따라 같이 집으로 들어왔나 몰라. 우리 동생만큼은, 우리 상현이만큼은 죽을 줄 몰랐는데……. 시간이 꺼꾸로 가면 좋것어. 딱 고 순간으로 말이여. 그럼 절대 상현이 데리고 집으로 안 올 것이구먼. 절대. 난, 아직도 우리 상현이 생각만 하면 숨이 꽉 맥혀 부러. 내가 꼬꾸라져 버릴 것 같어서. 니미럴."

"동생분이……."

"……잉…… 디져 부렀제."

"……."

"차에서 아픈 학생을 보니께 딱 우리 동생 생각이 나대……. 누가 우리 동생 마지막 가는 길에 물 한 모금이라도…… 건네주었을까. 누가 우리 동생 마지막 가는 길에 손이라도 한번 잡아 주었을까. 마지막…… 가는 길에 누가 눈이라도…… 감겨 주었을까. 항상 그 생각이 나."

아저씨는 손으로 콧등을 훔쳤다. 병기가 조용히 일어나 물을 따라 아저씨에게 건넸다.

"아녀, 아무렇지도 않어. 삼십 년도 지난 일인디 아직까정 가슴 속에서 부글거리네잉."

아저씨는 담배 한 개비를 꺼내 불을 붙이고 일어나 벽에 붙어 있는 작은 쪽창을 열었다. 창문 옆에 서서 아저씨는 담배를 깊게 빨았다가 내뱉었다.

"아침에 학생 공책을 봤는데 말이여. 누가 학생을 죽일라고 하는 것 같드만. 왕따가 뭐신가를 당혀서, 학생이 참다못해 디져 불라고 하는 줄 알았당께."

"제가요?"

"그려, 딱 황천길 가는 얼굴이었거덩. 그걸 내가 봤는디 어떻게 그냥 보내겄는가. 죽지 말라고 잡아야지."

지혁이는 눈이 따가웠다. 뭔가 뜨거운 것이 목구멍을 뚫고 올라왔다. 아저씨의 운명 같은 과거 이야기가, 지혁이의 너덜거리는 현재 이야기랑 딱 만나 땅끝에서 창을 바라보고 서 있었다. 창밖의 넘실거리는 검은 바다를 보고 있었다.

그때 에엥에엥~ 경찰차의 사이렌 소리가 점점 크게 들리기 시작했다.

"저것들이 여그까지 왔네잉."

"경찰이에요?"

병기가 벌떡 일어났다. 창밖으로 경찰차의 사이렌 소리가 불길하게 들려왔다.

"아이고, 저 징허디징헌 독사과들!"

그때 문소리가 들리고 밖이 소란스러워졌다.

"아주머니! 여기 수상한 사람 안 들어왔습니까?"

방 안에 있던 수상한 세 사람의 가슴이 일제히 두근거리기 시작했다.

백설 공주의 독사과

"혹시 이런 사람들 못 보셨나요? 네팔 사람들인데."

"아니요. 그런 사람 안 들어왔는데요."

"수상한 사람 보게 되면 꼭 연락하시고요."

경찰들이 밖으로 나가는 소리가 시끄럽게 들렸다.

"저 독사과들. 아고고, 배야. 갑자기 배가 아퍼브네. 배창시가 하필 왜 지금 말썽이랑가."

아저씨가 배를 움켜쥐고 인상을 찡그렸다.

"왜 그래요?"

"설사여, 설사. 과민성대장증후군."

아저씨는 문을 살짝 열고 바깥을 살펴보았다.

"조용헌디. 얼른 댕겨와야 쓰겄네."

아저씨가 막 방문을 열고 나가려던 찰나, 벌컥 다시 문 열리는 소리가 들렸다. 아저씨는 경찰과 눈이 딱 마주쳤다. 경찰이 아저씨를 뚫어지게 보았다. 아저씨는 순간 얼음처럼 몸이 굳었다.

"뭐예요?"

아주머니가 경찰을 보고 물었다.

"오늘 땅끝으로 오는 버스에서 도난 사건 신고 접수가 있어서요. 광주 터미널에서는 사람이 찔렸어요. 수상한 사람 있으면 전화하라 말씀드리려고……. 근데 여기 손님이십니까?"

경찰은 아저씨를 보면서 고개를 갸웃했다.

"네, 그란디요."

아저씨 손끝이 바르르 떨리는 것이 문틈으로 보였다.

"도난 신고 때문에요. 신분증 좀 주시기 바랍니다."

"아따, 뭔 말을 고로코롬 세게 하신다요. 제가 뭔 놈의…… 저는 그런 일 없구만이라."

용기가 필요하다면 바로 지금이었다.

"우리 아빠한테 왜 그러세요? 아빠랑 저랑 엄마 입원해 있는 병원에 갈 건데요."

떨렸다. 하지만 지혁이는 안간힘을 써서 태연한 척했다. 경찰은 고개를 갸우뚱했다.

"그래, 이 사람이 학생 아버지야?"

"네."

속에서는 심장이 마구 요동치고 있었다.

"맞아요. 한참부터 이 양반들은 여기 있었어요. 밥 먹고 이제
막 나갈라고 허든 참이었소. 요새 경찰분들 중에 멀쩡한 사람들
감옥에 잡아넣어서 경을 치는 사람 많이 봤소. 안 그라요?"

아주머니까지 경찰을 경계하는 눈빛으로 거들었다. 마침 경찰
이 들고 있던 무전기에서 빨리 오라는 호출 소리가 들려왔다.

"알겠습니다······. 그럼."

경찰이 나갔지만 아저씨 얼굴은 백짓장 같았다.

"아줌씨, 고맙구만이라."

"당연한 말을 한 것뿐이지요. 조금 더 쉬었다 가요. 지금 바깥
이 정신 없으니까."

"휴우, 십년감수혔네. 가심이 벌렁거려 죽는 줄 알았네그랴."

아저씨는 쪽창으로 바깥을 살피다가 벽에 등을 대고 앉았다.

"경찰들 갔냐?"

병기는 벽에 찰싹 몸을 붙이고 서 있었다.

"응."

"아저씨 배는요?"

"독사과 보고 배가 놀래 부렀는갑다. 똥이 쑤욱 들어갔다. 이

제 괜찮은디."

아저씨는 물 한 컵을 벌컥벌컥 들이켰다.

"돈 안 훔쳤는디…… 가슴이 답답허네."

쫓기는 마음으로 사는 게 이런 거겠지. 벽에 찰싹 기대어 언제 어디로 튀어야 할지 눈을 굴리며 조마조마하게 사는 것. 지혁이는 아버지도 불법체류를 했다고 하니 말이 통하지 않는 외국에서 저렇게 떠돌이로 살았을지 모른다는 생각이 갑자기 들었다. 핸드폰을 보았다. 배터리 눈금이 하나 남았다. 형주가 와서 전화하면 받아야 하는 눈금. 어느새 머리 아픈 것도 나아졌고, 한기도 없어졌다. 하지만 불안한 마음은 초침처럼 빨라졌다.

"하이고~오, 배여. 화장실! 화장실 어디여?"

아저씨는 배를 움켜쥐고 방문을 박차고 나갔다. 조금 있다가 아저씨는 세상을 다 얻은 아주 시원한 얼굴로 돌아왔다.

"죽이 다 식어 부렀네. 아줌씨! 아줌씨! 여기 말이요."

"왜 그래요?"

"미안헌디요. 여기 식은 죽이랑 찌개랑 다시 데워 줄 수 있소?"

"아따, 뭔 놈의 부자 상봉에 강원도 콩새처럼 할 말이 그리도 많아요? 아직까지 밥도 제대로 못 먹었디야."

아주머니는 싫지 않게 눈을 흘기면서 그릇을 들고 나갔다.

"빈털터리에 아프기까지 하니 정말 하늘이 노래지더라고요."

"헤헤헤. 그란디 외삼촌이랑 연락도 안 되고 어떻게 할 생각이 었디야?"

"저녁에 친구 한 놈이 오기로 했어요. 지금쯤 고속버스 타고 이리로 오고 있을 거예요. 제 걱정은 안 하셔도 돼요."

"누구? 네 딱풀? 형쭈?"

병기가 빈정거리며 말했다.

"그라믄 가출을 헌 것이구면."

"그런 셈이죠. 엄마한테는 친구 집에서 잔다고 했으니까요."

"나랑 똑같은 신세네, 뭐."

병기가 벌러덩 누워 천장을 보며 말했다. 아주머니가 죽과 국 을 데워서 들고 들어왔다.

"이야기 그만허시고 빨리 먹소잉!"

"알겠어라."

아저씨는 헤벌쭉 웃었다.

"아버지가 미국으로 도망가기 전에는 아버지한테만 맞았는데 아버지가 도망을 간 다음에는 다른 사람들이 우리를 못살게 하더 라고요. 우리 가족은 더 왕창 찌그러졌어요."

"찌그러진 것도 나랑 똑같네, 뭐."

병기는 둘째 손가락으로 콧구멍을 후비며 말했다.

"그려, 아버지가 보험회사에서 일하다가 그랬다고 했제."

"빚을 왕창 떠넘기고 바다 건너간 거예요."

"그럼 빚은?"

"우리가 조금씩 갚았지만 어림도 없었죠. 하루가 멀다 하고 빚쟁이들한테 시달리고 엄마는 머리채를 잡히고 온갖 욕을 다 먹었어요. 엄마는 그때부터 안 한 일이 없었어요. 저도 초딩 4학년 때부터 광고지 붙이는 일을 했고요."

"지금은?"

"편의점에서 일해요. 엄마도 알바하고요. 24시 해장국집에서 열두 시간씩 2교대로 일해요."

갑자기 병기가 물컵에 물을 가득 붓더니 벌컥벌컥 들이켰다.

"아따, 니는 짜게 먹었는갑다. 왜 그리 물을 자꾸 들이키는 거여? 요즘은 개나 소나 다 알바 세상이여. 학생이야 그렇다고 쳐도 어른들 일이 왜 알바여? 나도 무슨 일을 할라고 가 보면 알바라고 하더라고. 내가 학생이요? 왜 어른들 일이 알바요, 그랬제. 그랬더니 일을 안 주대. 일당도 코딱지만큼밖에 안 쳐 주고."

"엄마도 월급이라고 주긴 하는데 시급으로 치면 저보다 더 짜요. 직원은 더 안 뽑고 넓은 홀을 엄마 혼자 다 봐요. 한 달에 두 번 쉬는 날도 쉴 수가 없어요. 사장이 일하는 아주머니를 더 안 뽑는대요."

218

"염병헐…… 썩을 놈! 빌어먹을 놈의 시상!"

병기가 벌떡 일어나더니 방을 나갔다.

"화상! 너 말여. 밖에 싸돌아댕기지 말드라고. 니미럴, 자자, 금강산도 식후경이여. 얼른 먹세. 또 데워 달라고 하면 쫓아낼 것이구먼."

병기가 금방 다시 들어왔다.

"아자씨, 담배나 한 가치 줘 봐요."

"이것들은 툭허면 나한테 꿈질이여."

병기가 창가에서 담뱃불을 붙이고 밖을 바라보며 서 있다가 후우, 하고 연기를 내뿜었다.

"내가 말이다, 너희 엄마 얘기한 거 다 잊어버려라. 다 개소리다. 원래 내가 그런 개 같은 인간이거덩."

"야 엄마한테 화상 니가 뭐라고 했간디?"

"있어요, 그런 게. 아무 짝에도 쓸모없는 그런 개뼉다구 같은 말."

그래, 개뼉다구 같은 말이었지. 지혁이는 병기를 노려보았다.

"뭔 말인디 벵기가 사과를 다 한디야? 너도 가출한 거여?"

"저는요, 가출한 게 아니고요. 가출당한 거예요. 거기까지만. 흠, 흠. 밥 드세요. 더 식기 전에."

"그려그려."

셋은 땀이 나게 점심을 먹은 다음, 식당 문을 열고 나왔다. 안개가 바닷가 마을 땅끝에 뿌옇게 내려와 있었다. 기분 좋게 딱 나서는데 맞은편에 경찰차가 아직 가지 않고 안개 속에 우뚝 서 있었다.

"엥?"

셋은 동시에 놀란 토끼 눈으로 서로를 보았다. 셋은 누가 먼저라고 할 것도 없이 곧바로 뒤돌아 뛰었다. 지혁이는 남도 해장국집의 오른쪽 문을 밀었고, 아저씨는 왼쪽 문을 밀고 동시에 후다닥 들어갔다. 뒤따라오던 병기도 가게 안으로 뛰어 들어왔다.

"뭣 놓고 갔어요?"

아주머니가 반색을 하며 물었다.

"아녀요. 야가 몸이 쪼까 거시기헌께 쪼까 더 거시기헐라고 그라는디……."

아저씨는 허둥대며 말했다.

"그렇게 하셔요. 학생이 많이 아픈 것 같더니만. 더 쉬었다 가셔."

"고맙구만이라."

아주머니는 지혁이의 파리한 얼굴을 보며 안쓰러운 듯 말했다. 셋은 주섬주섬 신발을 벗고 방으로 들어갔다.

"이 촌구석에 짭새들이랑 경찰차까지. 어떻게 여기 처박혀 있는 것까지 다 꿰고 왔을까. 골목마다 설치해 둔 CCTV 때문일 거야."

병기가 중얼거렸다.

"아따, 저것들이 뭔 일이다냐?"

아저씨는 잔뜩 인상을 구기고 못마땅한 얼굴로 창밖을 살폈다.

"저 바깥에 있는 경찰들이 그렇게 무서우세요?"

"잉. 징허게 무서워. 백설 공주가 독이 든 사과 먹어 뿔고 디져 부렀제? 나헌테 독사과는 저것들이여. 저것들만 보면 내 심장이 딱 멈춰 버린당께. 학생들도 저 바깥에서 폼 재고 까불까불 댕기는 저 잡것들이 무섭당가?"

"그렇긴 하죠."

병기가 대답했다.

"너, 라디오 방송 탔다. 수배도 떨어졌고."

"알아, 인마. 우리 팀들이 전부 수배가 떨어져서……."

지혁이는 안주머니에서 주섬주섬 버터플라이를 꺼냈다. 짙은 갈색 무늬목 손잡이에 끝은 황동으로 되어 있는 버터플라이. 예리한 칼날을 손잡이 안에 꼭 숨기고 있으니 버터플라이는 얌전하게 보였다. 고치를 튼 애벌레 같았다.

"요것은 또 뭐다냐?"

"이 변기가요. 우리 엄마보고 욕을 했어요. 한 번만 더 씨부리면 이걸로 쑤시려고 작년부터 갖고 다녔어요."

병기가 흠칫 놀라며 지혁이를 보았다.

"하이고~ 학생까지 칼을. 워메."

"근데 이 자식이 더 놀리지 않더라고요. 그래서 집에 두고 다
녔죠, 뭐. 어제는 오랜만에 이걸 가지고 나왔어요. 알바 끝나고
골목에 앉아 있는데 강도가 칼을 제 옆구리에 들이대는 거예요.
돈 내놓으라고……. 이제 죽는구나, 딱 인생 종치는 줄 알았죠.
칼끝이 갈비뼈에 느껴져서 할 수 없이…… 나도 모르게 이걸 휘
둘렀어요. 그리고 정신없이 튄 거예요. 그 골목에서 만난 강도 놈
이 누군지 아세요?"

"누구여? 고런 싸가지 없는 염병헐 새끼가."

병기는 안절부절못하고 계속 줄담배를 피우고 있었다.

"……바로 쟤예요. 또라이 변기."

"뭐시여? 저게 강도질을? 이 오살헐 놈아!"

아저씨가 병기의 머리를 한 대 쥐어박으려고 하자 병기는 손으
로 머리를 막았다.

"우리가 그때 당시 갑자기 사고를 쳐서 경황이 하나도 없었단
말이에요. 돈이 있어야 튀는데 돈 한 푼 없더란 말입니다. 골목에
서 삥 뜯으려고 기다리다가 재수 없게 어떤 놈이 걸렸단 말이지
요. 쟤요."

"아이고, 이 빈대 버러지 같은 놈아!"

아저씨는 병기에게 방석을 집어 던졌다.

"양아치가 따로 없구먼. 그렇게 살믄 안 돼야. 에라이 자식아!"

"제가 그런 게 아니란 말입니다."

"쯧쯧쯧, 어째야 쓰까나. 앞길이 구만린데 벌써부터 잘하면 인생 초 치겠구먼, 이것아."

"……씨, 재수 졸라 없어……. 죽었을지도…… 모르고. 아으, 내 인생 원래 조졌지만……."

병기가 고개를 푹 숙였다.

"경찰들이 왜 따라붙겠어요? 뭔가 잘못된 게 확실해요."

아저씨는 어이없는 표정으로 병기를 보더니 깨진 앞니를 드러내고 웃기 시작했다. 병기는 떨떠름한 표정을 지으며 지혁이 앞에 놓여 있던 버터플라이를 만지작거렸다.

"사람이 사람을 그리 쉽게 상하게 할 수가 있당가. 뭔가 단단히 착오가 있을 것이구먼."

"어제 정류장에서도 짭새들을 봤어요. 기다리는 사람들에게 일일이 묻고 있더라고요. 저 잡으러 다니는 게 확실해요."

병기는 불안한지 버터플라이를 계속 만지작거렸다. 지혁이는 버터플라이를 병기의 손에서 빼내 슬며시 안주머니에 넣었다.

"염려 푹 놓드라고. 솔직하게 얘기하면 학생이 아니라 나를 찾는 것이구먼."

"네에? 아저씨를요? 그럼. 아저씨가 혹시 버스에서……."

"버스에서 뭐시?"

"그러니까 아저씨가……."

병기가 손으로 지갑을 쏘옥 뽑는 시늉을 했다.

"예끼! 고것은 아니지. 내가 말이여, 아무리 어렵게 살아도 고론 얌통머리 없는 짓거리는…… 으, 으음, 어찌 되었든간에, 고것이 아니고 다른 일이여."

"다른 일이라뇨?"

그때 바깥에서 문짝을 두드리는 소리가 들렸다. 긴장이 되어 하던 말들을 멈추었다.

"아저씨! 커피나 한 잔 드실라요?"

"아, 그러면 고맙지라."

아저씨는 금방 얼굴이 환해졌다.

"다른 일로 내가 쫓기고 있는 것이구먼. 학생이 아니라 나여, 나. 한 달 전이여. 광주에 있는 내 집에서 말이여."

"그 컨테이너 박스요?"

"그려. 한 달 전에 고 근방 주민들이 신고를 해서 경찰들이 집으로 들이닥쳐 부렀제. 나를 파출소로 데려가려고 말이여. 내가 어떻게 했겠는가. 못 간다고 소리소리를 질렀제. 그래도 끌고 가대. 거주지가 일정치 못한 위험인물이라고. 내가 왜 위험인물이여? 버젓이 대한민국 주민증 있겠다. 내 밥벌이 내가 하고 사는 국민인디. 아무리 말을 해도 경찰들이 꿈쩍을 안 하는 거여. 내가 이리 생겼다고 사람 취급 안 허는 것이제. 하도 억울허고 분통 터져서 불을 지르고 도망쳐 부렀어. 파출소 화장실에다가. 그라니께 저 독사과들은 나를 잡으러 다니는 거란 말이시. 학생이 아니고."

"그래서 그랬군요. 컨테이너 박스에서 쫓기는 사람처럼 계속 두리번거리고 문을 닫고."

"오늘은 동정을 살피러 집이라고 한 달 만에 간 것이여. 그란디 여기까지 저것들이 거머리 떼처럼 따라붙었네그랴."

"아니에요. 저를 따라붙는 것일 수도 있어요. 터미널에서 사람을 찔렀잖아요."

아주머니가 그때 문을 드르륵 밀었다.

"아따, 아들내미들 하나는 이쁘게 만들었소. 키도 크고 눈도 큼지막허고. 아들들 덕에 맛난 커피 드시는 줄 아시오잉?"

아주머니가 나가자마자 아저씨는 일어나 창밖을 살폈다.

"독사과들, 어디로 갔는지 안 보이는구먼."

셋은 벌러덩 방바닥에 누웠다. 천장에는 얼룩이 져서 누렇게 뜬 자리가 보였다. 빗물이 지나간 과거의 자리였다. 실뱀이 지나간 흔적처럼 구불거렸다.

지혁이 집에는 저것보다 더 심한 흔적이 남아 있었다.

작년, 오랜 장마 끝에 태풍까지 왔었다. 폭우 때문에 넘쳐나던 빗물이 반지하 부엌 창문으로 하염없이 쏟아져 들어왔다. 하수구에서 역류한 빗물까지 집 안으로 쓸려 들어왔다. 지혁이는 빗물을 걸레로 닦다가 쓰레받기로 푸다가 나중에는 대야로 퍼 날랐다. 계단을 올라가서 빗물을 버리고 또 버리고…… 비는 내리고…… 또 내렸다. 멈추지 않았다.

한 치의 망설임도 없이 밑으로만 달려드는 물줄기를 보고 있자니 끝내, 울화통이 치밀었다. 쓰러지기 직전이 되어서야 빗줄기가 가늘어졌다. 빗물에는 쓰레기 더미도 실려 왔고, 음식 찌꺼기도 실려 왔고, 지푸라기도 실려서 들어왔다. 쳐들어오는 물을 당해 낼 수가 없었다.

엄마는 식당에 가고 지혁이 혼자 집에 있을 때였다. 막 학교에 가려고 하던 차에 폭우가 쏟아져서 담임에게 전화할 틈도 없었다. 간신히 숨을 고르고 보니 2교시가 시작되고 난 다음이었다. 2교시 끝나는 시간에 맞춰 전화가 왔다.

"정지혁, 지금 몇 신데 안 와?"

"선생님, 비가 집으로 쏟아져 들어와서 학교에 갈 수가 없어요."

"그런 말이 어디 있어? 이게 누구한테 구라야? 빨리 튀어오지 못해!"

물비린내를 풍기는 젖은 방바닥에 가방을 패대기쳤다. 사실을 말해도 믿어 주지 않는 선생에게, 그런 선생이 있는 학교에 가기 싫어서 그날 수업도 쨌다. 다음 날 담임은 출석부로 지혁이 머리통을 내리쳤다.

"오라면 와야지! 왜 말들을 안 들어, 엉? 내가 그렇게 우습게 보여? 말이 말 같지가 않아?"

담임 목에 핏대가 섰다. 아무 대꾸도 하지 않았다. 담임 얼굴만 빤히 쳐다보았다.

"뭘 봐? 눈 안 깔아? 무단결석들이나 하고. 이런 것들은 학교에 못 다니게 짤라 버려야 해."

담임은 그 말을 남기고 툴툴거리며 교실을 나갔다. 알바할 때 사장들이 하는 말이나, 담임이 하는 말이나 똑같았다.

짤라 버려야 해.

담임이 나가고 자리에 앉자 형주가 왔다.

"폐하, 지금 헤드 돌아서 저러는 거야. 어제 너 말고 우리 반 똘마니들도 죄다 학교 발랐거든. 교장한테 욕먹고 너한테 화풀이

하는 거야. 쟤네들은 건들지 못하니까 괜히 너한테 더 날뛰는 거
라고. 얼굴 좀 세우려고 말이야. 똘마니들이 꼬박꼬박 폐하한테
대들었거든. 걔네들 때문에 더 본때를 보이려고 저러는 거야. 똘
마니들 엄마 한 명이 학교 임원이잖냐."

"폐하가 한 번만 더 나한테 이러면 들이받을 거야."

"우리가 참자, 참아."

누구에게나 지워 버리고 싶은 일들이 있다. 그런 것들을 자동
으로 지우는 시스템이 인간의 머릿속에도 있었으면 좋을 것이다.
기억하는 일. 인간이 아닌 식물이나 동물들도 기억이란 걸 할까.
지나간 과거의 시간들을. 어느 해에 폭설로 죽을 고비를 겪었다
든가, 어느 해에 가뭄으로 힘들게 여름을 났다든가 하는. 기억되
는 것들 때문에 가슴 한쪽이 아리고 소름이 돋을까. 지혁이는 가
끔 아무 감정이 없는 돌멩이로 태어났더라면 좋았을 거라고 생각
했다.

사람들은 자기 나름대로 어떤 것을 기억한다. 똑같은 일이지만
모두 다르게 저장되어 있는 것. 그 한 사람만큼의 과거를 걸어갔
다 오는 것. 그것이 기억이라 부르는 것들이다. 아버지의 기억,
형의 기억, 엄마의 기억, 서로 다른 얼굴을 하고 있을 거다. 지혁
이는 이런저런 생각에 한참 동안 벽을 보고 누워 움직이지 않았

다.

코 고는 소리가 요란하게 들리기 시작했다. 아저씨는 등만 대면 잠이 들었다. 그르릉, 그르릉. 목울대에서 넘어오지 않는 가래가 오락가락하는 소리가 들렸다. 병기도 옆에서 코를 골았다. 밖에서는 빗줄기가 오락가락 처마를 때리는 소리가 들렸다.

경찰들은 어디쯤에 있을까? 정말 아저씨를 쫓아온 것일까? 아니면 병기? 아님 나?

아직 마음을 놓을 수가 없었다.

"왜, 왜 뭐 때문에 나를 쫓아댕기는 거여?"

아저씨가 투덜거리면서 잠꼬대를 했다. 지혁이는 아저씨 배위에 방석을 덮어 주었다.

등대

  비는 더 이상 내리지 않았지만 공기도 땅도 물을 흠뻑 머금어 축축했다.

  바닷물 철썩이는 소리가 멀리서 들려왔다.

  "문은 꼭 걸어 잠그고. 불은 너무 늦게까지 켜지 말고. 알았는감?"

  "아줌씨, 고마워서 어쩐대요. 맛난 밥두 먹구 하룻밤 신세까지. 헤헤헤."

  "이상한 것들이 아직 돌아다닐지 모르니까 문단속 잘하드라고요. 80년에 광주에서 멀쩡한 사람들 그리 죽어 나가고 우리 아들내미도 그때 잃어뿔고 나도 제정신으로 살기 힘들었어라."

"아고고, 아줌씨도 기맥힌 인생이었구먼요."

가게 문을 닫고 가는 아주머니의 뒷모습을 바라보던 아저씨는 한참 동안 말이 없었다. 아주머니가 차려 준 저녁은 정성이 가득 담긴 엄마표 밥상이었다. 탱글탱글한 반숙 달걀을 바라보는 것만으로도 기뻤다.

"아저씨, 저, 잠깐 나갔다 올게요."

"어디를 갈라고? 몸도 성치 않음시롱."

"바다 좀 보고 오려고요."

"조심혀."

식당 문을 밀었다. 여지없이 바다 냄새가 밀어닥쳤다.

위잉, 형주에게서 문자가 왔다.

혁아,

아빠한테 들켰어.

내가 어디로 없어졌는지

여기저기 쑤시고 다니다가

알아냈대.

누나한테만 살짝 말하고 나왔거든.

누나가 할 수 없이 불었대.

나. 지금 아빠한테 잡혀서

집으로 호송 중이시다. ㅠㅠ

너 어쩌냐?

바다는 조금 떨어진 곳에서도 으르렁거리고 있었다.

형주야,

너, 집에 가면 완전 해체되는 거 아냐?

미안하다.

나는 잘 있으니 걱정하지 마.

좋은 분들 만나 잘 있으니까.

내일 서울 올라가면 전화할게.

비 그친 뒤 하늘이 맑았다. 먼 하늘에 무수히 박혀 있는 별들이 또렷하게 보였다.

우리가 지금 보고 있는 저 별들은 모두 과거의 별들이라지. 누구한테 들었던 말일까?

바닷물이 밀려왔다가 쓸려 가는 게 눈앞에 보였다. 바다는 넓었다. 세상의 원래 주인은 나야, 우르릉. 깊은 울음을 안으로 감추고 있는 것만 같았다. 바닷물이 들어와서 지혁이는 앉은 자리에서 조금씩 뒤로 물러나 앉았다. 아버지라는 존재로부터 조금씩 물러나 앉아 멀어진 것처럼 엉거주춤이었다.

　뒤에서 아저씨의 찌걱거리는 장화 소리가 들려왔다. 아저씨
는 아무 말 없이 바다 쪽으로 가서 섰다. 주머니에서 뭔가를 꺼
내더니 선 채로 손톱을 깎기 시작했다. 손톱을 깎으며 아저씨
는 노래를 흥얼거리기 시작했다.

　넓고 넓은 바닷가에 오막살이 집 한 채
　고기 잡는 아버지와 철모르는 딸 있네
　내 사랑아 내 사랑아 나의 사랑 클레멘타인
　늙은 아비 혼자 두고 영영 어디 갔느냐

　아저씨도 어디서 식당 알바를 했나. 엄마가 일하는 식당 문에
서 울려 댄다는 클레멘타인을 부르고 있었다. 아저씨의 노랫소리
가 구슬프게 들렸다. 병기가 아저씨 옆으로 와서 섰다가 해변을
따라 혼자 쭉 걸어갔다.

　"왜 밖에서 손톱을 깎으세요? 안에서 깎지 않고."

　"내 몸뚱어리에서 나오는 것들은 모두 다 사라져 버렸으면 좋
겠어. 내 눈에 보이지 않게 말이여. 그래서 손톱을 깎을 때는 꼭
바깥에서 깎는당게. 근디 학생 친구는 언제 온당가? 올 때 되었
제?"

"친구가 여기 오다가 잡혀서 집으로 끌려가고 있대요."

"누구한테?"

"걔네 아빠가 약간 심하게 간섭하시거든요."

"허허허, 간섭받을 때가 좋은 거여. 옆에 아무도 없어 보랑게. 그게 더 서러운 법이거든."

아저씨는 집어등이 둥실거리는 수평선을 바라보았다.

"참말로 넓네. 어떻게 저렇게 넓은 물 위를 길도 안 잊어버리고 가는 것인지 모르겠어."

"옛날에는 별자리를 보고 갔대요. 별들은 항상 같은 길을 가니까요."

"어~어, 어! 저기 별똥별 떨어지네!"

고개를 들어 하늘을 보았다. 한 줄기 빛이 수평선 너머로 떨어졌다.

"별똥별은 길이 없겠네. 지 맴대로 떨어질 것 아니여? 헤헤헤."

북두칠성이 보였다. 명왕성은 여전히 태양 주위를 돌고 있을 것이다. 지구도 태양 주위를 돌고. 그것이 하늘의 길이다. 한 번도 그들은 궤도를 이탈해 본 적이 없다. 그게 질서다. 그게 우주의 법칙이다. 흐트러짐이 없는 법칙. 그래서 사람들은 그 믿음으로 어두운 밤을 헤쳐 나갔다. 적어도 가족이라면 그렇게 주위를 돌고 있어야 하는 거다. 어두운 세상을 헤쳐 나갈 수 있도록.

"별도 달도 없는 칠흑 같은 밤엔 말이여."

"눈에 별들이 보이지 않을 때는…… 음, 등대가 있잖아요."

멀리서 등대 불빛이 번쩍였다. 불빛이 미치는 곳에서 바다가 몸을 뒤치고 있었다. 수평선이 불빛 속에서 나타났다가 사라지곤 했다.

"그렇제. 등대가 없을 때는 사람들이 바다 위에서 많이 헤맸겠제?"

"그랬겠죠."

아저씨는 한동안 말이 없다가 지혁이 옆에 앉았다.

"등대 같은 사람이 돼야지……. 학생 말이여. 앞으로 창창한 인생 아녀."

"저요? 저는 힘들어요."

모래 사이에 박혀 있는 작은 돌멩이 하나를 집어 들었다.

"왜?"

"저 같은 게 어떻게 등대 같은 사람이 될 수 있겠어요?"

돌멩이를 바다 쪽으로 멀리멀리 던졌다. 바다 쪽으로 날아간 돌멩이는 눈에 보이지 않았다. 물속으로 떨어지는 소리만 희미하게 들렸다.

"학생, 지금 그 나이 때에는 뭐든지 할 수 있당께. 돌멩이도 씹

236

어먹을 나이잖여."

아저씨는 모래를 손아귀에 움켜쥐었다가 놓았다.

"젤로 힘든 거는 있었제. 없이 산다고 사람들이 우리 형제를 의심할 때였어. 부모 없이 친척네 집에 거지같이 얹혀사는 꼴이 이상하게 보인 거여. 학교에서 뭣이 없어지면 우리 동생이 젤로 먼저 의심을 받았다네. 동네 가게에서 뭣이 없어지면 내가 젤로 먼저 의심을 받았고. 사람들이 우리를 버러지처럼 보는 거여. 속이 터지겠더만. 없이 사는 사람덜, 아프고 시린 맘 몰라주고 참말로 고약허게도 혔어. 형제간에 붙들고 펑펑 울기도 많이 했제."

어두운 바닷물 위에 살짝 어리는 형의 얼굴을 보았다. 불빛에 번쩍거리는 파도가 형의 얼굴을 쓸어 갔다. 형도 많이 힘들었을 거다. 형의 얼굴은 파도에 휩쓸려 모래사장에 부딪쳤다가 다시 멀리 사라져 갔다. 안주머니에서 버터플라이를 꺼냈다.

"제가 이 버터플라이를 산 이유도 그것 때문이었어요. 우리 엄마보고 술 파는 해장국집에서 일한다고 욕을 했어요. 참을 수가 없었죠. 그날 바로 이걸 샀어요."

"어따, 주둥아리를 확 조사 버려야 할 고런 오살헐 놈들이 꼭 있당게. 자기보다 약하면 콱 밟아 버리고 자기보다 강한 놈이다 싶으면 살살 엎드려서 눈치 보는 것들. 인간 말종들이제. 나는 학생 마음 이해혀. 그놈이 저 병신인가 뭐신가 허는 놈이라며."

"이걸 품속에 넣고 다니면서 생각했어요. 그래, 한 번만 입 잘 못 놀려 봐라. 내가 어떤 놈인지 보여 줄 테니. 그렇게 벼르고 다녔어요."

"아따따, 이 칼 안 쓴 게 다행이구먼. 아무리 그래도 그러면 안 되제. 똥이 무서워서 피한당가, 드러워서 피하제."

버터플라이로 모래 위에 글씨를 새겼다. 엄. 마.

밤바람이 차가웠다. 손이 벌벌 떨렸다. 엄마는 지금 해장국집에서 일하고 있을 시간이었다.

차르락, 차르륵, 파도가 바로 앞까지 왔다가 엄마를 데려갔다. 엄마는 파도에 휩쓸려 사라졌다.

"이 칼 이름이 버터 뭐시여?"

"버터플라이. 나비라는 뜻이에요. 이게 저한테 온 다음부터는 일들이 술술 잘 풀렸어요. 저한테 행운을 가져다줬어요. 그런데 이번에는 잘 모르겠어요. 행운인지 불행인지."

"행운이겠지. 이름은 겁나게 이쁘네."

"버스에서 사람들이 아저씨를 도둑이라고 의심할 때 말이죠. 괜히 제가 의심받는 것처럼 화가 났어요. 도둑이 아니라고 소리를 질렀죠. 병기 녀석도 그랬어요. 그랬더니 우리들까지 의심하더라고요. 정말 기분 드러웠죠."

아저씨는 말없이 지혁이를 가만히 바라보았다. 언제 왔는지 병기가 아저씨 뒤에 앉아 이쪽 이야기에 귀를 기울이고 있었다.

"아저씨가 거기 있었다면 저보다 훨씬 더 기분이 더러웠을 거예요."

"그래. 진짜 껄쩍찌근혔제. 소갈딱지를 고렇게 쓰면 못쓴당게. 아무리 없이 산다고 사람을 무시하면 된당가? 부아가 치밀고 울화통이 터지드만. 똥이 드러워서 피했제. 그래서 그냥 줄행랑 친 거여. 여지껏 그렇게 살아왔응께. 징허네, 징해."

"아저씨가 약국 골목 앞에서 돌아봤잖아요. 그 눈빛이 너무 슬퍼 보였어요. 그걸 보고 사람들한테 더 화가 났나 봐요."

"그랬구먼……. 학생이 그랬구먼, 그랬어……."

아저씨는 계속 그랬구먼,을 중얼거리며 가만히 지혁이 손을 꼬옥, 잡았다가 놓았다.

"고맙네, 학생. 그런디 말이여, 내가 말이여……."

"네."

"아니네, 아니여."

아저씨는 한참 망설이더니 무슨 말을 하려다가 그만두었다. 한참 동안 바다를 보던 아저씨가 입을 열었다.

"참말로 우연치고는 기가 막히네. 천벌 받을 그놈이랑 지금 같이 있응께. 모래알같이 많은 사람 중에 왜 하필 그놈이……."

"흠, 흠. 천벌 받을 놈 여기 있습니다요."

"음메, 깜짝이여. 언제 왔당가? 벵기, 너도 동네 양아치 새끼들이랑 그만 어울려 댕겨. 정신 차려야지. 알겠냐?"

지혁이는 아직 병기를 용서할 수가 없다. 지혁이가 정말 힘들 때, 가만 내버려 두어도 죽고 싶을 때, 자신을 시궁창에 몰아넣은 놈이었으니까. 먼 바다의 수평선이 번쩍거렸다.

"이 세상에는 말이여. 별의별 인종들이 다 모여 산다네. 살다 보면 자기도 어쩔 수 없이 잘못을 저지르고 살 때가 있어. 사는 게 너무너무 힘에 부치믄 가끔 그럴 때가 있는 법이여. 병기 이놈도 이놈을 고렇게 만든 이유가 있었을 거여. 학생도 터미널에서 씨벌, 재수 없는 놈을 만나 일이 꼬여 부렀제."

"재수 없으면 살인자가 될지도 몰라요."

지혁이 목소리가 흔들렸다.

"예끼! 모르는 일을 가지고 입방정은. 지은 죄는 언젠가 죗값을 치르게 돼 있네. 시상은 자기가 준 만큼 꼭 돌려받는당게. 꽁짜가 없어. 서울 올라가는 대로 경찰서를 가. 괜히 시간 끌면 더 불리해. 그 자식이 요상허게 주둥아리 놀리면 자네만 힘들어 부네. 얼른 자수혀."

검은 바다가 심하게 요동치기 시작했다. 바람이 거세졌다. 병기는 파도가 넘실거리는 바다를 보며 말했다.

"사실, 오늘 태어나서 처음으로 바다를 봤어요. 바다가 이렇게 크고 넓은지 몰랐어요…… 지혁아…… 내가…… 너희 엄마한테 심한 말 한 거는 정말 용서해 주라."

지혁이는 병기의 뒤통수를 보고 있었다. 뭐라 할 말이 없었다. 용서한다는 말은 아직 하기 싫었으니까.

"우리 엄마는 날 매일 때렸어. 술을 마시면 개처럼 변했지. 아빠는 얼굴도 몰라. 할머니가 돌아가시기 전에는 참을 만했는데 할머니가 돌아가시고 나서는 도저히 참을 수가 있어야지. 엄마가 자고 있을 때 머리를 내리치려고 한 적도 한두 번이 아니었어. 그때가 중학교 1학년 때였어. 엄마가 사라지지 않으면 내가 죽을 것 같았거든. 다행히 내가 죽기 전에 엄마가 먼저 죽었어. 알코올 중독에 심장마비였지. 그때 내 소원이 엄마가 죽는 거였거든. 소원을 들어준 셈이지. 난 이모네 집으로 보내졌는데 그 집 형이 날 또 무지하게 못살게 굴었어. 그러니 언제 바다를 볼 기회가 있어야 말이지. 와~아 정말, 바다를 보니 가슴이 확 터져 버릴 것처럼 씨원해. 아주 좋아."

"너희 엄마가 학교 임원 아냐?"

"우리 이모야. 이모라고 말하는 게 쪽팔려서."

"쯧쯧쯧, 이 화상도 가슴에 큰 돌멩이를 하나 얹고 살았구먼……. 어쩐지 니 눈빛이 쪼까 슬퍼 보이긴 했다."

"이제 좀 다르게 살고 싶지만…… 돌아갈 수 있을지. 나쁜 짓을 너무 많이 했걸랑요."

"너도 나만큼 복잡했구나."

지혁이가 등대를 보며 말했다. 이모네 집에 얹혀살았으면 눈칫밥 꽤나 먹었겠군. 개망나니 쓰레기 같았던 병기 자식.

"복잡한 걸로 치면 내가 너보다 한 수 위시다."

병기가 웃으며 말했다.

"한 수 위라서 좋겠다."

지혁이는 병기 머리를 툭, 치며 말했다. 셋은 푹푹 빠지는 모래를 밟고 남도 해장국집으로 돌아왔다.

"그런데 학생, 학생 이름이 뭐랑가? 여적 모르고 있었네."

방으로 들어가는데 느닷없이 아저씨가 지혁이에게 물었다.

"정말 그러네요. 지혁이에요, 정지혁. 아저씨는요?"

"지혁이. 자네 이름 기특허게 생겨 부렀네. 내 이름은 알아서 뭐할랑가? 뜬구름 같은 세상, 눈 감아도 황천이고 문밖도 황천인디. 헤헤헤."

셋은 낡은 이불을 덮고 함께 누웠다. 조금 있으니 아저씨는 코를 골기 시작했다.

"다희야~ 다희야."

아저씨는 잠꼬대를 한다. 딸의 이름을 부른다. 세상 떠난 지 한참 지난 딸을 아직도 잊지 못하고 있다.

아버지는 나를 저렇게 그리워한 적이 있을까?

작은 창으로 스며드는 흐린 달빛을 보며 지혁이가 뒤척였다.

그러다가 언제 잠이 들었는지 모르게 잠이 들었다.

나를 믿어 주는 단 한 사람

바다를 보고 있다.

빨간색 모래가 깔린 해변. 아지랑이가 피어오르고 있다.

하늘에 떠 있는 태양은 초록색이다.

"지혁아, 바다야. 엄청 크지?"

얼굴을 보려고 올려다보아도 햇빛 때문에 아빠의 얼굴은 보이지 않는다.

"아빠, 바닷물이 몰려와!"

태어나서 처음으로 뻥 뚫려 있는 바다를 보고 수평선을 본다.

"지혁아! 여기 봐! 손가락만 한 낙타가 기어가! 우리 잡자!"

형의 목소리다.

"위험해, 파도가 삼키겠구나."

엄마의 걱정스러운 목소리.

나는 아주 작은 손으로 아빠의 큰 손을 잡고

첨벙첨벙 낙타를 잡으러 물속으로 들어간다.

엄마는 챙이 넓은 모자를 쓰고 함빡 웃고 있다.

나와 형은 아빠의 손을 양쪽으로 잡고

몰려오는 파도를 피해 모래사장으로 도망친다.

"아얏!"

조개껍질을 밟았다. 발바닥에서 피가 난다.

아빠는 나를 업고 모래사장을 걷는다.

아빠의 등은 따뜻하지만 뭔가 딱딱한 게 튀어나와 있다.

그게 내 가슴을 살짝 누른다.

"아빠 등에 뭐가 있어."

"지혁이한테 들려줄 이야기 혹이야."

"이야기 혹? 낙타가 가지고 있는 혹 같은 거?"

"그래."

"혹 달고 다니려면 무겁겠네."

"태어날 때부터 가지고 있었던 거라 안 무거워."

웃음소리 사이로 초록색 별들이 하늘에서 우수수 떨어진다.

초록색 별들이 아빠의 혹에 닿자, 뭔가가 부르르 몸을 털고 나온다.

아빠가 힘겹게 몸을 털어 대자, 혹 속에서 날개가 돋아나 하늘을 덮는다.

어느새 밤이다.

깜깜한 하늘에 노란색 별이 떠 있다. 별 천지다.

"지혁아, 저기 보이는 별은 모두 과거의 별이야."

"과거가 뭐야?"

"응. 지금이 아니라 몇 분 전, 몇 시간 전 아니면 어제, 그보다 훨씬 전을 과거라고 해.

우리는 과거의 별을 지금 보고 있는 거야."

"에이. 아빠 순 거짓말쟁이. 그럼 저게 가짜란 말이야?"

"가짜는 아니지만 지금은 없을지도 모르는 별을 우리가 보고 있는 거야.

빛이 저 별에 갔다가 우리한테 오거든.

우리 눈에 보이는 별은 몇 시간 전, 며칠 전, 몇 년 전 별의 모습이야."

"지금은 없는 별인데, 어떻게 우리 눈에 보여? 아빠, 순 엉터리."

등대 불빛이 미치는 곳에서 수평선이 나타났다가 사라졌다.

철썩이는 파도 소리에 잠에서 깼지만 살며시 입가에 미소가 지어졌다.

그래, 아주 어렸을 때였어. 우리 가족 모두 바닷가에 놀러 왔었지.

지혁이는 계속 눈을 붙이고 있었다. 꿈이 다시 이어질 것만 같았다. 하지만 꿈은 오지 않았고 대신 아침이 왔다. 창문이 희끄무레 밝아지고 있었다. 우리는 과거의 별을 보며 살고 있다는 말이 머릿속을 맴돌았다.

"일어났는가? 문을 열어 두고 잤는가 봐. 그리 일렀구면, 참말로."

아주머니가 방문을 열었다. 차가운 아침 공기가 방 안으로 휙 밀려들어 왔다.

"이제 일어났는감?"

옆을 보았다. 버스터미널에서 샀던 검은색 빵 봉지가 열려 있었다. 손으로 빵을 뜯어 먹었는지 손에 빵 찌꺼기가 묻어 있고 이불 위에는 빵가루가 지저분하게 흩어져 있었다.

"빌어먹을…… 또야?"

어젯밤에는 봉지를 뒤져서 빵을 먹었나 보다. 그런데 아저씨가 없다. 병기도 없다. 철 지난 외투도, 중절모도 없었다. 아저씨의 이불이 고이 개켜져 있고 그 위에 편지 한 장이 덩그러니 놓여 있었다.

학생! 아니, 지혁이 보소.

내가 입이 있어도 참말로 학생한테는 딱 할 말이 없네.

얼굴 보기 민망헌께 새벽에 일어나 이러케 몇 자 적네.

나는 놈의 물건, 놈의 거슨 여직 한번도 손대 본 적 업씨 살았제.

그란디 우리 딸내미 다희하고 마누라를 무더둔 곳이 개발된다고 이
장하라는 연락을 진즉 받았파네.

별 뾰족한 방도가 업썼어. 나가 비빌 언덕이 있어야 비비제.

이달 말까장 안 옴기면 알아서 처리헌다고 마지막 연락을 받었네.

나가 눈이 휘까닥 뒤지펴 부러써. 지혁이 학생, 나를 용서해 줄랑
가?

내가 딱, 실수를 혔네. 자네헌티 말이여. 입이 열 개라도 헐 말이 업
당께.

자네 뒤를 좇아올 때부터 진즉에 줄라고 넣어 둔 거여. 돈 그대로
봉투에 있네.

어젯밤에 자네가 나를 끝까지 믿어 줬다는 말을 듣고

사실, 가슴이 꽉 매켜 부렀어. 눈물 참느라 혼났구먼.

딸, 마누라 말고 나를 믿어 준 사람은 자네가 처음이랑께.

나를 진짜 용서해 줄랑가?

지혁이 학생, 누가 어른인 줄 안당가?

나 같은 작자가 아니고 자기를 책임질 줄 아는 사람이 어른이여.

어서 훌훌 털고 일어나소.

세월이란 것이 그냥 무심허덜 않는 법잉게.

한치 앞도 알 수 없지만 어쩌겄나 그것이 사람 사는 길이여.

내 진심을 믿어 주는 딱 한 사람만 있어도 이리 오지게 행복헌디,

자네는 벌써 둘이나 있제? 엄니…… 아부지…….

아파, 친구도 한 놈 있는 거 같드만. 그럼 셋이여, 셋.

나를 믿어 주는 사람이 세상 어딘가에 한 놈이라도 있을 때가

제일로 행복할 때여. 아부지 만나 잘 살드라고.

참, 병기 놈도 지금 나간다네. 서울 올라가기 전에 할 일이 있다는구

면.

이놈은 지 알아서 할 테니까 신경 쓰지 말고.

　　　　　　　　　－ 별똥별처럼 마음대로 떠돌아댕기는 사람이

　봉투를 열어 보았다. 그 안에 돈이 들어 있었다. 밖으로 서둘러
나왔다. 이리저리 둘러보아도 아저씨는 없었다. 정말 가 버린 거
다.

250

아저씨, 용서라니요. 처음이었어요. 저한테 그렇게 말해 준 사람. 등대가 되라고 말해 준 사람. 아저씨가 처음이었는데…….

하늘은 맑았다. 식당 앞으로 나가 이불에 묻은 빵가루를 털었다. 아주머니가 식당 앞을 청소하러 나왔다.

"아버지하고 형은 어디 갔는가?"

"네. 갑자기 급한 볼일이 생겨서 먼저 가셨어요."

"그래? 학생은 몸이 어째, 조금 괜찮아졌어?"

"네. 이제 다 나았어요. 아침 먹고 땅끝 탑이나 갔다가 저도 올라가 봐야죠."

"다행이야. 어제 버스에서 돈 훔쳐 간 도둑은 송호리에서 잡혔다네. 소문이 싹 돌았어. 괜히 학생이 힘들었지? 억울한 일을 겪어 본 사람들이라야 그 맴을 알제. 억울해 보지 않은 사람은 그 먹먹한 세상을 알 수가 있는가. 아침으로 미역국 끓일 것인디…… 워쩌? 닭 넣고 끓이는 미역국이 일품이여."

"좋아하는 거예요."

방으로 들어와 아저씨의 손편지를 다시 읽었다. 삐뚤빼뚤한 글씨 사이로 깊은 속마음이 들여다보였다. 진짜 도둑이 잡혔대요. 아저씨가 알았다면 좋아했을 텐데……. 한치 앞도 알 수 없는 게 사람의 길이라고 하셨죠? 맞긴 하네요. 버스를 잘못 타지 않았으면 아저씨도 만나지 못했을 거 아니에요. 언제 또다시 아저씨를 만날 수 있을까요?

잃어버린 돈이 손에 들어왔다. 하지만 가슴 한쪽은 텅 비어 버린 것만 같았다. 아저씨는 세상에서는 가장 작은 사람이지만 지혁이에게는 가장 큰 사람이었다. 미역국을 먹었다. 오늘이 열여덟 번째 생일이었다.

"날 따뜻해지면 아버지랑 그 넓대대랑 꼭 한번 들러. 맛난 거 해 줄게."

아주머니는 지혁이가 골목을 돌아갈 때까지 손을 흔들어 주었다. 긴 시간 동안 동굴 안에 있다가 밖으로 나온 것만 같았다. 갈두항 방파제 쪽으로 걸어갔다. 선착장에는 작은 배들이 밧줄에 매달려 바다에 둥둥 떠 있었다. 등대가 보였다. 흰색의 아담한 삼층짜리 등대였다.

등대 같은 사람이 돼야제.

아저씨가 남기고 간 말이 귓가에 맴돌았다. 등대 안으로 들어가니 사람들이 써 놓고 간 흔적들이 남아 있었다. 바래서 잘 보이지 않는 글자들. 다른 글자들이 그 위에 덧씌어져서 희미하게 보이는 글자들. 등대 안에는 지나간 시간들이 무덤처럼 파묻혀 있었다.

지혁이는 잠바 안주머니에서 버터플라이를 꺼내 글자를 새기기 시작했다. 칼날이 잘 들어가지 않았다. 날을 세워 들고

아, 자를 새겼다. 왼쪽 검지가 따끔거렸다. 들여다보니 누렇게 곪았다. 다시 날을 세워 버, 자를 천천히 새겼다. 거기 뭔가를 향해 찌르듯이 지, 자를 파 넣었다.

아버지

아버지를 거기 등대 안에 남겨 두고 돌아섰다. 돌아서는 것은 무언가를 향하는 거다. 굶주린 늑대 한 마리가 와서 아버지를 끌고 사라져 주었으면 좋겠다. 열 걸음을 앞으로 걸어갔다. 뒤를 돌아보았다. 등대 쪽으로 다시 뛰었다. 버터플라이를 다시 꺼냈다.

정지혁

지혁이는 자기 이름도 등대 안에 새겼다. 이제 지혁이는 등대를 뒤로 하고 걸었다. 과거의 아버지와 과거의 지혁이를 거기 두고 땅끝 탑을 향해 뚜벅뚜벅 걸었다. 까만색 자갈로 '한반도 최남단'이라고 글자가 새겨진 길을 걸었다. 탑에 이르는 길이 이어졌다. 소나무 사이로 보이는 섬들이 작은 바둑돌처럼 점점이 뿌려져 있었다. 손으로 만지면 톡, 하고 건져 올릴 수 있을 것만 같았다. 철썩철썩 파도 소리가 따라왔다.

오로지 바다가 목표였던 강들이 섞여서 모여 있는 곳. 물의 길들이 모여 하나로 합쳐지는 곳. 거기가 바다였다.

하얗고 뾰족한 땅끝 탑이 보이기 시작했다. 그늘 한 점 없이 말갛게 씻긴 하늘이 보였다. 하늘 한가운데 있는 태양이 눈부셨다. 바람이 자꾸 따라와 등을 긁어 댔다. 잠깐 쉬라고.

마라톤을 한 느낌이었다. 이제 반환점이었다. 돌아서 다시 서울로 돌아가야 한다. 공책을 접어 가방 안에 넣었다. 땅끝 탑 옆으로 벽돌색의 나무 계단이 보였다. 삐거덕, 나무 계단에 한 발을 내딛자 계단이 말을 걸었다. 잘 왔다고.

계단을 묵묵히 올랐다. 위로 올라갈수록 바다와 섬들과 하늘이 꽉 차게 보였다. 바다는 환한 햇빛을 받으며 생선비늘 같은 몸을 반짝였다. 위잉, 문자가 왔다.

혁아. 집에 왔냐? 아직 땅끝이냐?
아버지가 내 핸드폰까지 압수했다가
이제 풀어줬다.
지금 아빠 몰래 하고 있는 중.
증말 왕짜증 지대로 난다.
인마! 어찌 된 건지 소식 전해!

문자를 보냈다.

아직 땅끝.

여러 가지로 너한테 미안하다.

그리고 고맙다.

난 잘 있다가 간다.

좋은 아저씨, 아줌마를 만나 도움을 받았어.

곧 답 문자가 왔다.

다행다행.

고맙긴……

으이구, 미쳐. 내가.

아버지 또 들어왔어.

혁아. 내일 학교에서 말해 줘라.

땅끝이 어땠었는지ᄊ

개쓰레기 변기는 어떻게 된 거야?

학교에 김태현이 칼 맞아 죽었다는 소문 쫙 돌았었거든.

근데 안 죽었대.

변기 짓 아냐?

사건 터지고 조직 싸움이라는 소문

칼 맞은 놈이 죽지 않았다니, 이제 최소한 병기는 살인자는 아니다.

올라가서 얘기해 줄게

가방을 챙기던 지혁이는 싱크대 서랍에서 가지고 나왔던 편지 뭉치를 열어 보았다. 아버지의 편지들이었다. 엄마에게 미안하다는 말부터 미국으로 들어와 같이 살자는 말까지 여러 가지 내용이 담긴 편지들이었다. 그래도 이 인간, 엄마한테 미안하다고 사과를 하긴 했네.

정류장은 한산했다. 바람을 따라 눈이 휘청대고 있었다.

핸드폰이 울렸다. 엄마였다.

"지혁아, 오늘이 네 생일인데…….."

"엄마, 미역국 먹었어. 이따 오후에 집에 갈게요."

말을 마치자마자 기다렸다는 듯 배터리의 깜빡거리던 마지막 눈금 하나가 사라졌다. 화면도 까맣게 죽었다. 식당에서 충전하고 나오는 걸 깜빡했다.

오랜만에 듣는 엄마의 목소리는 따뜻했다.

한동안 누구와도 연락할 수 없게 되었다.

또 하나의 심장

여전했다.

한쪽이 푹 꺼진 산동네.

주인 잃은 개들의 퀭한 눈빛도 여전했다.

골목도 그랬다.

허물어진 담 안에 서 있던 떡갈나무도 여전히 그 자리를 지키고 있었다.

바람이 부는 대로 가지들이 살짝 흔들렸다.

주머니 안에서 비닐에 싸여 있던 빵 한 조각이 잡혔다. 빵을 잘게 뜯어 개들에게 던져 주었다. 개들은 돌멩이라도 던지는 줄 알았는지 놀라 도망쳤다. 세상의 적의가 그들을 키웠다.

집에 도착하니 일요일 오후 네 시가 되었다. 안방 문을 열었다. 여전히 형은 퉁퉁 부은 얼굴로 웃고 있었다. 한두 시간이 지나면 엄마가 돌아올 시간이었다.

'엄마한테 아버지가 온다고 말해야 할까?'

지혁이는 불안한 마음으로 공책을 꺼내 쓰기 시작했다.

나의 심장 밑에 또 하나의 심장이 숨어 있다는 걸 눈치챈 사람들은 거의 없다.

나는 숨을 쉬고 싶다. 도망치고 싶다.

아저씨가 보고 싶다.

'오늘은 말해야 해.'

드디어 자물쇠가 밖에서 열리는 소리가 들렸다. 엄마는 몹시 피곤한 얼굴이었다. 엄마는 방으로 스며들듯 들어가 방바닥에 누웠다. 엄마는 끙, 앓는 소리를 내고 돌아누웠다.

"지혁아, 나는 용서할 수가 없구나. 그 인간을."

엄마가 툭, 내뱉듯 말했다.

"엄마…… 알고 있었어?"

"어제 작은아버지한테 전화 왔었어. 한 달 전에 느닷없이 네 핸드폰 번호를 묻더니만…….”

“엄마한테는 말할 수가 없었어.”

“하루라도 몰랐던 게 더 나아.”

엄마가 지혁이 쪽으로 돌아누우며 말했다.

“그 인간이 손을 뿌리쳤었다. 빚쟁이들한테 그 수모를 당하게 하고, 그렇게 돌아오라고 할 때는 안 오고. 우리 가족 옆에 있어 달라고 그렇게 손 내밀 때는 안 오고……. 그때는 살 만했겠지. 나는 우리 집안 반대에도 네 아버지 같은 남자와 결혼했었다. 난 그 손을 뿌리치지 못했어. 인생이 불쌍하게 보였으니까. 하지만 네 아버지는 우리 손을 뿌리쳤다.”

“아버지 같은 사람이라니?”

“넌 너무 어려서 몰랐을 거야…….”

엄마의 뺨은 더 홀쭉해져 있었다.

“아버지랑 연락을 했어요?”

“너한테 말을 할 수가 없었어. 빚을 다 갚기 전에는 안 오겠다고 하니 죽은 거라고 할 수밖에.”

“기억나. 엄마가 그렇게 말했던 거. 기억 속에서 없어지면 죽은 거라고.”

“아직 그걸 기억하고 있었니? ……이제야 빈털터리로 온다니 기가 찰 노릇이지. 여기 남아 있는 식구들 죽지 못해 살았다. 네

형도 이 세상 떠나고…….”

엄마는 차마 말을 잇지 못했다.

“다 내팽개치고…… 살았는지 죽었는지 연락 끊고 살다가 이제 기어 들어온다고? 난 속 터진다. 아무리 한국에 다시 들어온대도 난 절대 안 본다, 절대로. 너도 나가지 마라.”

“엄마, 아버지가 편지 보냈었지?”

“그래. 입으로 미안하다는 말은 엄청 하더라. 그 말을 믿어?”

지혁이는 아무 말도 하지 않았다. 방으로 들어가 앉은뱅이책상에 앉았다. 새벽까지 잠이 오지 않았다.

월요일 아침이 되어 학교에 갔다. 형주는 지혁이의 이야기를 듣더니 작은 눈이 커다래졌다가, 깔깔 웃었다가, 깜짝 놀라다가, 키득거리다가, 눈물지었다.

“사실은…… 내일 저녁에 아버지가 와. 다시 땅끝으로 도망가고 싶어.”

형주는 놀라서 작은 눈을 크게 떴다. 형주는 지혁이의 어깨를 툭, 쳤다.

“짜식, 도망은 왜 가냐? 네가 뭘 잘못했다고. 만나서 확, 내질러.”

“…….”

“내가 같이 나가 줄까?”

262

지혁이는 고개를 저었다. 병기 얘기도 했다. 형주는 입을 다물지 못했다.

"우와, 정말이야? 네가 그 버터플라이로 병기 똘마니를 찌른 게? 그 아저씨가 네 가방을 슬쩍 안 했으면 이건 말이 안 되는 거네. 그지?"

형주는 하루 종일 지혁이 꽁무니를 따라다니며 지혁이가 겪었던 일을 묻고 또 물었다. 학교 수업이 끝나고 지혁이는 편의점에 갔다.

"지방에는 웬일로 간 거야? 무슨 일 있었던 거니?"

"네, 제 눈으로 꼭 확인해야 할 일이 있었어요."

"뭔지는 모르겠지만 확인할 건 해야 해. 안 그러면 나중에 후회되더라. 잘했네. 그리고 조심해. 저기 뒷골목에서 깡패가 칼 맞았대. 지나다니는 사람 위협하고 돈 뜯던 고등학생이라는구나. 수배 중이었대. 칼 들고 강도질하다 죄 받은 거지. 요즘 고딩들이 더 무섭다니까."

사장 아주머니는 가방을 챙겨 들고 나갔다. 칼 맞은 깡패가 지혁이 칼에 맞은 애인지 병기한테 당한 애인지 모르겠지만 어쨌든 찝찝했다.

지혁이는 창고에 가서 음료수를 꺼내 냉장고에 차곡차곡 쌓았다. 라면을 먹으러 사람들이 들어왔고, 담배를 사러 사람들이 들

어왔고, 생수를 사러 사람들이 들어왔다. 지혁이는 편의점 유리
문을 오래오래 들여다보았다. 누구를 기다리는 사람처럼.

'나를 믿어 주는 사람……. 일곱 살 때 헤어진 아버지는 또
하나의 심장이 있는 지금의 나를 알지도 못하는 사람이야. 어
떻게 나를 믿을 수 있단 말이야.'

바람만이 알고 있지

혁! 멜 확인 바람~^^

앉은뱅이책상에 앉았다. 할아버지들이 보였다. 어두운 방에서 손에는 컴퍼스를 든 채 창밖을 바라보며 생각에 잠겨 있는 지리학자. 지구본을 손으로 만지고 있는 천문학자.

창을 통해 오후의 은은한 햇빛이 방에 비쳐 들고 있는 이 그림들을 보고 있으면 이상하게 마음이 편해졌다. 그림을 그린 화가는 열한 명이나 되는 자식들을 먹여 살리다가 40대의 나이로 죽었다고 했다. 그래, 부모라면 자식들은 자기가 책임져야 하는 거야. 도망가지 말고.

지혁이는 오랫동안 같은 방 안에 함께 있었던 할아버지들을 올려다보았다.

"할아버지들은 언제 죽고 싶었어요? ……저요? 글쎄…… 6학년 때였나. 기억은 잘 안 나지만요. 해가 지면서 온 세상이 점점 어두워질 때였어요. 어둑어둑한 집에 들어가는데 아무도 나한테 하루를 어떻게 보냈는지 묻지 않더라고요. 추운 집에 밥도 없고 형도 없고 엄마도 없고 아빠는 얼굴도 기억이 안 나고…….

메일을 열었다. 메일을 열자마자 음악이 흘러나왔다. 기타 소리, 하모니카 소리에 약간 허스키한 남자 목소리가 마음을 따뜻하게 하는 노래였다. 욕심이 없는 목소리였다.

혁아, 서울로 귀환한 걸 환영한다ᄊ

야! 그래도 집이 최고지?

아픈 건 어때? 몸과 마음 둘 다 말이야.

이 노래 듣고 힘 좀 내라.

내가 아빠한테 해체되는 날 듣는 노래다.

밥 딜런이 평화를 염원한 노래래.

아빠가 이 노래를 듣고 하루빨리 나에게 평화를 주시길 ㅋㅋ.

한번 들어봐라. 가사 첨부한다.

도망가지 말고 부딪쳐.

나도 이제 아빠한테 정정당당하게 말할 거야.

난 아빠가 조립해서 만드는 부품이 아니에요!! 라고 말이야 ㅋㅋ.

지혁아, 너도 화이팅!

바람만이 알고 있지

얼마나 많은 길을 걸어야

한 사람의 인간이 될 수 있을까

얼마나 많은 바다 위를 날아야

흰 갈매기는 사막에서 잠들 수 있을까

얼마나 더 많이 머리 위를 날아야

포탄은 지상에서 사라질 수 있을까

친구여, 그 대답은 바람만이 알고 있지

바람만이 알고 있지

두 번, 세 번…… 노래를 계속 들었다. 잠이 오지 않았다. 이리 저리 뒤척이다가 새벽녘이 되었다. 노래를 들으며 지혁이는 팔베 개를 한 채 스르르 잠이 들었다.

'나를 믿어 주는 사람이라. 내가 믿어 줄 사람이라……'

입국장에서 지혁이는 아버지를 기다린다.

저 멀리서 지혁이가 걸어오고 있다.

끔찍할 정도로 정확하게 똑같은 눈을 가진 늙은 지혁이.

시간이 쪼그라뜨려 버린 지혁이.

여러 겹의 시간을 통과한 지혁이가 비척거리며 걸어오고 있다.

젊디젊은 지혁이는 앞으로 다섯 걸음을 걸어간다.

아버지의 검은색 구두가 보인다.

나달거리는 틈새로 뒤틀려 있는 엄지발가락이 나와 있다.

발을 본 순간 갑자기 터져 나오는 기침 때문에

지혁이는 입국장을 빠져나온다.

기침을 억누르려 하지만 솟아오르는 화산처럼 한꺼번에 기침이 폭발한다.

아버지는 나를 버렸다.

하지만 버려진 나는 살았다, 죽지 않고.

지금은 내가 아버지를 버릴 차례다.

아버지도 버려져야 알 수 있다.

버려지는 것들의 막막한 상처를.

더듬어 보니 안주머니에 있던 것이 없어졌다,

……버터플라이…….

왔던 길을 되짚어 살펴보아도 찾을 수가 없다.

아버지는 계단 앞에 서 있다.

첫 번째 계단에 발을 올리자

반들반들 거울처럼 깨끗한 계단 위에 아버지가 비친다.

곰 한 마리가 눈물을 흘리고 있다.

두 번째 계단에 발을 올린다.

계단이 위, 아래로 갈라진다.

아버지는 갈라진 틈으로 발이 빠져 허우적댄다.

지혁이는 휘청거리는 아버지를 붙잡기 위해 손을 내민다.

아버지는 지혁이의 손을 간신히 붙잡는다.

갈라진 계단은 다시 닫힌다.

아버지가 물끄러미 지혁이를 쳐다본다.

피는 지혁이가 있는 계단 위쪽으로 올라오고 있다.

지혁이의 발에서도 피가 흘러나와

아버지가 있는 계단 밑으로 내려가고 있다.

둘은 서로 만나려 하고 있다.

한 방울만 번지면 서로 합쳐질 것이다.

그 순간 뻣뻣했던 몸이 스르르 녹는 것처럼 힘이 빠진다.

깊은 잠 사이로 노랫소리가 날아들었다. 한기 때문에 지혁이는
벌레처럼 둥글게 몸을 말았다. 가시 하나가 박혀 나비가 되지 못
한 애벌레.

갑자기 왼쪽 가슴께가 따끔거렸다.

버터플라이

만약에……

내가 똑같은 순간을 두 번 바랄 수 있다면,

그 순간이 언제인 줄…… 알아?

11년 전 공항, 에스컬레이터 앞에 서 있던 순간일 거야.

아빠가 괴물의 혓바닥 같은 것에 빨려 올라가지 않도록 할 거야.

아빠의 닳아 버린 구두 뒷굽을 보지 않도록 할 거야.

그래서 그 모든 것이 되돌아오게 할 거야.

유치원 졸업식 때에도 아빠가 오게 할 거고,
우리가 함께 행복하게 살던 곳에서 그대로 계속 살게 할 거
고,

날개를 다쳐 어딘가에서 힘겹게 퍼덕이고 있을 우리 형은
나랑 다시 함께 방을 쓰게 할 거고,

주인이 버리고 간 개들이 흔들리는 눈빛으로 동네를 떠도는,
그런 슬픈 곳에서 살지 않게 할 거야.

그리고
우리 엄마가 인형의 눈알을 붙이지 않게 할 거고,
12시간씩 2교대 해장국집에서 일하지 않게 할 거고,
반 친구들이 엄마를 놀리지 않도록 할 거고,
엄마가 이상한 아저씨들에게 나쁜 년이 되지 않도록 할 거고,
그리고 난,
몰래 숨어 엄마를 모른 척하지 않을 거야.
무슨 일이 있어도 엄마를 꼭 구해 내고 말 거야.

그리고……

……엄마가,

엄마가 말이지.

나를 버려 두고 갈까 봐

잠 못 들던 하얀 밤이,

무서워 오들오들 떨던

……하얀 밤이,

다시는 오지 않게 할 거야.

눈을 떴을 때 방 안은 어둑어둑했다. 온몸이 식은땀으로 젖어 있었다. 추웠다. 시간을 확인하려고 핸드폰을 들었다. 꺼져 있었다. 전원을 켜는 순간 주르륵, 확인하지 않은 메시지들이 떴다. 5시 50분. 새벽인가? 새벽이 아니라 오후 5시 50분이었다. 죽은 듯이 잠을 자기는 처음이었다. 담임 2통, 형주가 8통. 메시지들이 깜빡거리고 있었다.

정지혁. 담임이다.

주의 줬지.

무단결석하면 정학이다.

형주의 메시지들도 있었다.

야, 인마, 왜 전화는 안 받아?

학교에 왜 안 오냐?

집 전화도 꺼져 있고.

증말 뭔 일 있냐?

걱정된다.

빨리 연락 좀 해!!!

통화 버튼을 눌렀다. 벨이 한 번 울리자마자 형주의 다급한 목소리가 들렸다.

"어떻게 된 거야?"

"나, 열두 시간 잤다. 지금 일어났어?"

"뭐? 네가 곰이냐? 겨울잠 자게? 엄청 걱정했잖아. 담임도 너, 연락 없다고 지랄했어."

"글쎄. 나도 이렇게 자 본 적 처음이야."

전화를 끊고 물을 한 잔 마셨다. 이부자리 위는 먹다 만 과자 부스러기나 빵 찌꺼기 하나 없이 말끔했다. 이렇게 자는 게 얼마만인지 몰랐다. 사다 놓은 과자가 이제 집에 하나도 없었다. 과자나 사러 나가자. 지혁이는 주섬주섬 옷을 입었다. 그리고 터덜터덜 큰길 정류장에 있는 마트 앞까지 걸어갔다.

마트 앞 정류장에는 마침 공항으로 가는 버스가 서 있었다. 차는 문을 열어 둔 채 그 자리에 서 있었다. 지혁이는 한참 동안 그 열린 문을 보고 있었다. 문이 닫히기 직전, 지혁이는 뭔가에 홀린 것마냥 자기도 모르게 버스에 한 발을 터억, 올려놓았다.

'궁금하지 않아. 궁금하지는 않다고. 아버지를 만나러 가는 게 아니야. 아버지를 버리러 가는 거야.'

버스는 퇴근 시간과 맞물려 속도를 내지 못했다. 바깥은 완전히 어두워졌고 꽃샘추위 때문에 쌀쌀했다. 창유리에 입김이 허옇게 끼었다. 바람이 많이 불었다. 눈발이 하나둘 날렸다. 올해 보게 될 마지막 눈이라고 했다. 눈은 바람에 날려 땅에 닿기도 전에 모두 흔적 없이 사라졌다.

버스가 신호 대기에 걸려 잠시 멈추었다. 창밖으로 가로수들이 바로 옆에서 흔들리는 게 보였다. 굵은 가지 하나가 버스 창문에 닿아 흔들림 없이 정지화면처럼 멈춰 있었다. 가지 중간중간에 작은 겨울눈들이 솜이불처럼 생긴 털을 덮고 있었다. 사장 아주머니가 말한 아린이었다.

"길짐승, 날짐승이 겨울에 굶주리고 추위를 이기지 못하면 어쩌겠어. 죽지. 나무도 그래. 꼼짝없이 한자리에서 추위를 견뎌내야 하잖아. 겨울만큼 힘든 계절이 어디 있겠어. 나름대로 대비를 해야지. 잎이 되고 가지가 될 겨울눈을 자기 새끼처럼 이렇게 보호하는 거야. 아린, 참 볼수록 기특하고 신기하지. 겨울눈은 잎도 되고 가지도 되고 나중에는 나무로 커야 하잖아. 그러려면 아린을 깨고 나와야 해. 겨울 내내 추위를 막아 살게 해 준 아린을 말이지. 살아간다는 게 우리 사람이나 나무나 똑같아. 쉬운 일이 아니야."

봄에 겨울눈이 싹을 틔우려면 단단한 아린을 뚫고 나와야 한다고 했다. 그래야 꽃망울이 부풀어 오른다고 했다. 아린을 털어야 새눈이 나온단다.

'봄은 언제 오는데……. 저렇게 있다가 추워서 얼어 죽을지도 모르는데…….'

지혁이는 가지 끝에서 바람에 흔들리는 아린을 오래오래 바라보았다. 지혁이는 이유 없이 슬퍼졌다. 우중충하고 음산한 날씨에 사람들이 옷깃을 세우고 동동거리며 걷는 모습이 창밖으로 보였다. 머리카락과 옷자락들이 바람에 제멋대로 날렸다.

'공항에서 내가 버려졌던 것처럼, 나도 아버지를 그렇게 몰래 버릴 거야…….'

안주머니에 손을 넣으니 버터플라이가 만져졌다. 창문 사이로 우우우웅, 낮은 울음소리를 내며 바람이 기어들어 왔다. 껌을 입 안에 넣었다. 일곱 개.

버스가 어느새 공항 정류장에 섰다. 커다란 가방을 멘 사람들

276

이 우르르 내렸다. 버스 문이 닫히고 막 출발하려고 할 때였다. 멍한 눈빛으로 앉아 있던 지혁이가 불에 덴 듯 벌떡 일어났다.

"아저씨! 문 좀 열어 주세요!"

"미리미리 준비를 해야지. 왜 그렇게들 꾸물럭거리는지."

기사 아저씨는 투덜거리며 손을 뻗어 레버를 밀었다. 압축공기 소리가 나면서 무겁게 문이 열렸다. 7시가 다 되어 가고 있었다. 지혁이는 천천히 입국장 안으로 들어갔다. 아버지가 타고 온 비행기는 이미 전광판 도착 알림판에도 나와 있지 않았다. 안내데스크에 가서 알아보니 그 비행기는 예정보다 30분 일찍 도착했다고 했다. 그렇다면 6시 30분. 지혁이는 두근거리는 가슴을 진정시키며 입국장 게이트를 몰래 살펴보았다. 아버지처럼 보이는 사람은 없었다. 다행인지 불행인지 가슴은 이상하게 허탈했다. 아버지는 또 어딘가로 가 버렸다.

'이번에는 내가 아버지를 버리고 싶었는데……'

정류장으로 가는 지혁이의 어깨가 축 처졌다. 입국장에서 쏟아져 나온 사람들로 버스 정류장은 복잡했다. 바람을 따라 눈이 휘청대고 있었다. 정류장 옆에 있는 커다란 쓰레기통이 꺼먼 아가리를 쩌억 벌리고 있었다. 버터플라이를 꺼내 손으로 쓰다듬어 보았다.

'이제 이놈과 이별해야 할 때가 온 것 같아. 너도 이제 쉴 때가

277

된 거야. 그동안 나를 지켜 주느라 수고했어. 경찰서에 갈 거야. 내가 벌여 놓은 일은 내가 해결해야지.'

쓰레기통 안으로 손을 넣었다. 텅, 칼이 떨어지는 소리가 아주 깊게 들렸다. 그때 전화벨이 울렸다. 낯선 전화번호.

"여보세요?"

지혁이의 목소리가 떨렸다.

"여보세요? 잠깐만⋯⋯요. 여기⋯⋯ 어떤 분이⋯⋯ 바꿔⋯⋯."

상대방 목소리가 자꾸 끊겼다.

"여보⋯⋯세요? 지혁⋯⋯냐?"

"누구세요?"

목소리가 기어들어 갔다.

"아버⋯⋯다."

"⋯⋯."

아무 말도 할 수가 없었다. 지혁이의 마음은 정지된 화면처럼 까매졌다.

오랜 시간 소화되지 않은 미움 한 덩이가 가슴 밑바닥 어딘가에서 중력을 거스르고 올라왔다.

그때 비행기 한 대가 머리 위로 지나갔다. 거대한 나비 한 마리가 굉음을 내며 어둠을 가르고 하늘로 날아오르는 게 보였다. 나비는 꽁무니에서 깜빡깜빡 빛을 내며 먼 하늘로 사라져 갔다. 나비는 하늘의 길을 잘 알고 있다는 듯 주저하지 않고 멀리 날아갔다. 우우~웅 비행기 소리가 오래도록 활주로 위를 떠다녔다. 그 사이로 눈이 날렸다. 멀리서…… 그리고 점점 가까이.

오랫동안 아버지를 죽여 왔어요.
더 자라면
난…… 아버지가 될 수 있을까요?

아버지는,
아버지 길을 가세요.

마음이 아렸다. 지혁이는 여태껏 그래 왔던 것처럼 조금씩 앞으로 걸어갔다.
뚜벅뚜벅, 어두운 길을.
가방 지퍼에 매달려 있는 푸른색 나비 모양의 열쇠고리가 차르락, 소리를 냈다.

에필로그

앞좌석 등받이에 꽂혀 있던 사막 여행 안내서의 한 구절이
보였다.

낙타는 제 새끼가 묻힌 곳을 절대 잊지 않는 동물이다.
전우애가 깊었던 고대 유목민 병사들은
광활한 초원이나 사막에서 병사가 죽으면
어미 낙타가 보는 앞에서 새끼를 죽여 무덤 위에 던져두었다.
그리고 훗날 어미 낙타를 끌고 와서 근처에 풀어 주면
그 어미가 슬피 울부짖으며 새끼가 묻힌 장소를
정확하게 찾아내곤 했다고 한다.

- 이병천의 '90000리' 중에서

……왔네.

남자의 한 마디가 오래 묵혀 둔 말처럼 힘겹게 입안에서 맴돌았다.

남자의 얼굴은 금치산자처럼 멍해 보였다.

멀리 내려다보이는 공항의 돔 지붕이 짙은 안개 속에서

무덤의 봉분처럼 고요하게 서 있었다.

나와 있을까?

기다리고 있을까?

많이 컸을 테지.

먼저 간 기혁이도 나를 용서해 줄까…….

부스스한 머리에 퀭한 눈빛으로 남자는 창밖을 보았다.

활주로의 환한 정적 사이로 조명이 깜빡거리고 있었다.

비행기는 오랜 여행으로 피곤해진 몸을 활주로에 내려놓았다.

쿠구궁~ 온몸이 땅에 닿는 고통스러운 소리였다.

창밖으로 날개가 부르르 떨리는 것이 보였다.

남자는 의자에 깊숙이 묻었던 몸을 세웠다.

몸을 일으키자 남자의 자국이 의자 위에 화석처럼 박혀 있었다.

남자는 벗어 두었던 낡은 구두를 신고 일어섰다.

받침이 틀어진 책상처럼 남자는 뭔가가 어색하게 보였다.

남자는 11년 만에 한국 땅에 발을 내디뎠다.

익숙하고도 낯선 고향의 냄새가 물씬 풍겨 왔다.

한 시간이 지났어.

그래, 나오기 싫겠지.

무슨 면목으로 내가 너를 보겠니.

이해한다. ……이해하고말고.

……

이 길로 고향으로 내려가야지.

남자는 정류장에서 하염없이 버스를 기다렸다.

바람이 남자의 뺨을 때리고 달아났다.

입국장에서 쏟아져 나온 사람들로 정류장은 복잡했다.

전화……

하면 받을까?

목소리라도 듣고 싶다.

지나가는 사람에게 핸드폰을 빌려 종이에 적혀 있던 번호를
눌렀다.

"여, 보……세요? 지혁……이냐?"

남자의 목소리가 떨렸다.

더듬거리는 남자의 목소리가 수화기 너머로 공허하게 울려
퍼졌다.

"누……세요?"

아들의 목소리가 중간중간 잘린 채 잘 들리지 않았다.

"아버……다."

남자의 목소리가 떨렸다. 이내 전화는 끊겼다.

핸드폰을 돌려주고 그 자리에서 남자는 두리번거렸다.

황급히 내딛는 발걸음과 뒤뚱거리는 남자의 몸짓이 어딘가 어색하게 보였다.

그때, 한꺼번에 몰려든 사람들의 억센 어깨에 떠밀려

남자는 길 위로 자빠졌다.

긁힌 손등에 피가 맺혔다.

그 위로 굵은 눈물 한 방울이 소리 없이 떨어졌다.

자빠진 남자의 등은 곧지 못했다.

울먹거림에 따라 남자는 벌레처럼 작게 흔들렸다.

자세히 보지 않으면 알아볼 수 없을 정도였지만,

남자는, 등이 살짝 튀어나와 있는, 꼽추였다.

한동안 남자는 일어설 줄 몰랐다.

어디선가 딸랑딸랑, 낙타의 목에 매단 청동 종소리처럼, 구슬픈 소리가 들려왔다.

남자의 입에서 나온 하얀 김이

신기루처럼 더듬더듬 느리게 공기 중으로 퍼졌다.

꽃잎처럼 흩날리던 눈송이 하나가

남자의 등 위로 소리 없이 떨어졌다.

요란한 제트 엔진 소리가 남자의 귀를 때렸다.

휘청거리는 눈발 사이로 거대한 비행기 한 대가

활주로를 막 벗어나고 있었다.

비행기는 비탈길을 오르듯 하늘을 향해

힘겹게 날아오르기 시작했다.

남자의 손에 들려 있던 오래된 사진 한 장이

바람에 이리저리 뒹굴었다.

젊었던 남자와 그의 손을 잡은 채

햇빛 때문에 인상을 쓰고 있는 사내아이.

남자와 사내아이의 손에는 껌이 한 움큼 쥐어져 있었다.

작가의 말

아버지의 손을 기억한다.

아주 오래전, 딸이 초등학교 입학하기 전, 그리고 그 후로도 종종 아버지의 손은 딸의 손을 꼬옥, 붙잡아 주었다. 따뜻했다. 시간이 많이 지나 아버지는 딸이 대학을 졸업하던 해 멀리 떠났다가 20년 만에 돌아왔다. 공항에서 마주한 아버지의 등은 너무 초라하고 작았다. 딸은 억울했다. 노인이 되어 돌아온 아버지를 어떻게 대해야 할지 몰랐기 때문이다. 떠날 때 중년이었던 아버지에게 퍼부으려고 준비해 둔 말들을 모두 주워 담아야 했기 때문에.

초로의 노인이 된 아버지는 고향으로 내려가 딸에게 해마다 마늘을 보냈다. 딸은 마늘을 어떻게 대해야 할지 몰라 망설였다. 망설이는 동안 가을이 지나고 겨울이 지나고 해를 넘기면서 마늘은 베란다 한쪽에서 썩어 갔다. 딸은 마늘에게 복수를 했다. 몇 년이 지나고 아버지가 많이 아파 병원에 입원했다는 소식을 들었을 때, 딸은 그해 아버지가 보내 준 마늘을 먹기 시작했다.

섣부르게 용서하지 못했던 딸은
아버지도 '아버지 자신의 길'이 있다는 걸 뒤늦게 깨달았다.
아버지도 삶이라는 고단한 길에 지쳐 있는 한 남자라는 걸.

나무는 꽃이나 잎이 될 겨울눈을
매서운 추위로부터 보호하기 위해
비늘이나 털처럼 생긴 보호막을 만든다.
그게 '아린(芽鱗)'이란 걸 알게 되었다.

마음껏 부모를 사랑하고,
부모로부터 충분히 사랑받고 있다고 느꼈어야 할,

나만의 아린이 꼭 필요한,
'아버지'와 불화했던 아들과 딸들에게 바친다.

상처받은 칼날 하나쯤 구석진 마음에 숨기고 있어서,
겉으로는 세상 다 알 것처럼 힘센 척 단단한 척하지만,
속마음은 여리디여리고 순한,
우리의 아이들에게.

마늘

베란다에서 아버지의 냄새가 난다
부대 자루에 싸매어
꾹꾹 눌려진 20년의 시간

따뜻한 날이면
자루 사이로 아버지는 자꾸만
답답하다며 눈알을 내민다
이미 여름을 지나면서
눈알은 물컹해졌고
누렇게 썩어서

이제는 풀풀 날릴 정도가 되었다
나는 그나마 차가운 날
코를 막고 베란다로 나가
아버지가 나오지 못하게
자루를 꼭꼭 여민다

애야, 이제 나가면 안 될까

갔었다
하지만 다시 돌아와
5년이란 시간이 지나지 않았니?
그건 20년 전 일이야

아니에요
그러니까
저에게는 아직 15년이 더 남았어요
아버지
거기서
그만큼만 더 계시면 돼요
그 퀴퀴한 냄새가 모두 사라진 날

그때
다시 만나요

내가 그날까지 이 자루에서 살아 있을런지

그건 아버지 일이에요

정승희